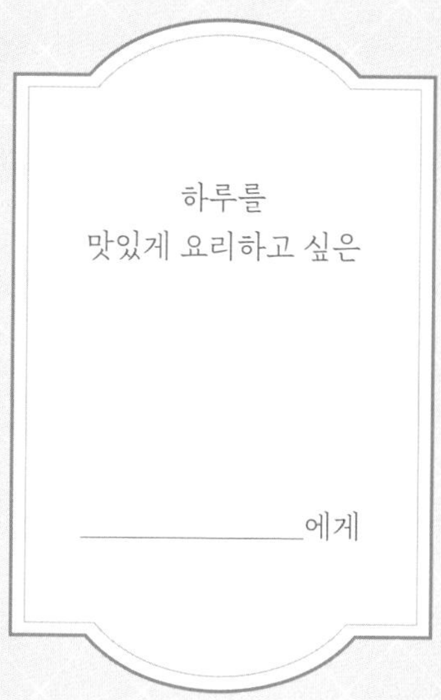

하루를
맛있게 요리하고 싶은

________________에게

잘 먹고 싶어서, 요리 편지

일러두기

1. 이 책의 레시피와 사연 글은 에디트의 SNS를 통해 진행한 '모두를 위한 키친 카운슬링' 상담 신청자, 작가가 운영한 '편지 내 식당' 손님들의 실제 편지를 바탕으로 합니다.
2. 식재료와 요리명의 외래어는 국립국어원 외래어표기법을 따르되, 일부는 널리 쓰는 표현을 썼습니다(예: 라따뚜이, 카르파치오).

에디트의 '모두를 위한 키친 카운슬링' 상담에 참여한 고마운 분들

@fflower_rain	시야	조혜진(찌니)
김동인	써써	지아
김정아	오경선	하나래
깅귤	장연두	하연
수수	조민지	황중기

잘 먹고 싶어서, 요리 편지

나만을 위한 우편 레시피 상담

글·그림 하지희

edit

한 사람만을 위한 우편 레시피 처방전

저는 요리가 좋아 무작정 프랑스로 온 요리사입니다(덕업일치!). 요리를 너무 사랑하는 저로선 요리를 어렵게 느끼거나 열악한 주방 때문에 주저하는 사람을 볼 때마다 속상했습니다. 어느 날, 파티에서 제가 만든 음식을 맛본 지인이 제게 도움을 청했죠. "주방이 너무 작고 오븐도 없어서 매일 똑같은 요리만 해. 혹시 이 음식의 레시피를 알려줄 수 있을까?" 흥미가 생긴 저는 지인에게 주방이 어떤 모습인지, 어떤 조리 도구가 있는지, 평소 요리하고 싶었던 음식이 있는지 등을 세세하게 물었어요. 자연스럽게 평소 지인이 느꼈던 요리에 대해 불만이나 어려움, 일상적인 고민도 알게 되었습니다.

며칠 뒤 종이 한 장을 꺼내 편지를 썼습니다. 부탁받은 레시피뿐만 아니라 지인의 주방 환경과 취향, 고민 등에 맞춤한 조언까지 써서 보냈습니다. 얼마 후 편지를 받은 지인에게서 전화가 왔습니다. 정말 고맙다고, 지금 자신에게 꼭 필요한 레시피와 이야기가 큰 위로가 되었다고 말이에요. 그러면서 그가 덧붙였습니다. "나만 보기 아까운걸. 네 편지를 팔아보는 게 어때?"

만나본 적 없는 사람에게 편지를 팔아보라니, 처음엔 말도 안 된다고 생각했습니다. 그러다 '돈을 내고서까지 받고 싶은 편지란 과연 무엇일까?'라고 스스로 질문해보니 답이 보였습니다. 단순히 맛있고 멋진 요리를 알려주는 것이 아니라 한 사람 한 사람의 이야기를 귀 기울여 듣고 그 사람에게 딱 맞는 레시피를 추천할 수 있겠다 싶었습니다. 어쩌면 사람들은 요리가 정말로 어렵고 불편해서 못하는 게 아니라, 실은 요리를 어떻게 해야 할지를 잘 몰라서 망설이고 있는 것뿐이니 그런 이들을 위해 해줄 수 있는 이야기가 있을지도 모른다는 생각이 들었어요.

그렇게 해서 맞춤형 레시피 상담인 '요리 편지'를 쓰기 시작했습니다. 처음에는 메일이나 우편으로 신청을 받아 답장하는 '편지 내內 식당'이라는 이름의 서비스를 운영했어요. 그러다가 출판사와 인연이 되었고 우편 상담의 취지를 살려 책을 만들어보자고 의기투합을 하기에 이르렀습니다. 그 과정에서 출판사의 SNS로 사연을 모집했고, 덕분에 더욱 다양한 요리 고민을 접할 수 있었습니다. 요리가 귀찮은 사람, 일과 육아에 치여 요리할 시간이 부족한 사람, 상해서 버리는 재료가 아까운 사람, 요리책이 너무 어렵다는 사람, 집에서 유럽식 코스 요리를 하는 것이 로망이라는 사람……. 이름도, 나이도, 사는 곳도, 하는 일도 제각각이지만 한 끼만큼은 제대로 만들고 싶은 마음은 모두 같았습니다. 신청자들의 사연을 하나하나 천천히 읽고, 그분들의 주방과 요리 습관을 상상했습니다. 그리고 가장 잘 맞을 것 같은 레시피를 소개하고 요리 생활에 대한 작은 조언과 일러스트까지 곁들여 답장을 보냈습니다. 이 책《잘 먹고 싶어서, 요리 편지》는 그 과정을 담은 기록으로, 예비 독자와 함께 만든 책입니다. 정성스럽게 쓴 편지를 받은 분들의 반응은 열광적이었어요. 특히 "이제 요리를 좀 더 편하게 생각할 수 있게 되었어요"라는 말 한마디가 큰 뿌듯함을 주었습니다.

레시피 상담을 신청한 분에게는 평소의 습관이나 환경에 맞는 요리를 알려드리기 위해 반드시 몇 가지 질문을 했습니다. 주방에 어떤 도구가 있는지, 좋아하거나 싫어하는 식재료가 무엇인지, 하루 중 어느 시간에 요리하는지, 누구를 위해 요리하는지 등을요. 이 책을 읽는 분들도 어떤 식탁과 주방을 꿈꾸는지 스스로에게 질문하며 필요한 조언을 얻어갈 수 있기를 바랍니다. 더 나아가 제가 제안하는 맞춤 레시피를 통해 변화된 하루를 보냈으면 좋겠습니다. 좋아하는 재료들로 예쁜 도시락을 10분 만에 가뿐하게 만들고, 냉장고에 붙인 제철 채소 목록을 살펴보면서 오늘의 계절을 느끼고, 집에 남은 식재료를 떠올리며 경제적으로 장을 보고, 가까운 친구를 불러 능숙하고 여유 있게 요리 하나를 만들고, 동료의 어제 무얼 먹었냐는 질문에 입꼬리를 슬쩍 올리는 하루를요.

'1장 인생은 요리하기 나름이에요'를 읽으며 각자의 주방에서 시도해볼 만한 레시피를 찾아보세요. '2장 손쉽게 자존감을 선물합니다'에서는 작은 요리 하나로 매일 작은 성취감을 느끼는 방법을, '3장 내 손으로 완성하는 낭만과 우아함'에서는 식재료와 요리 기술을 유용하게 활용하는 팁을, 마지막으로 '4장 오늘도 다부지게 살아가시길'을 읽으면서는 오로지 나만을 위한 주방 환경과 요리 습관을 만드는 데 필요한 조언을 얻을 수 있기를 바랍니다.

_________님의 평안하고 즐거운 요리 시간을 응원할게요! 그 과정에 이 책이 다정한 상담사가 되었으면 좋겠습니다.

TABLE IN A LETTER

차례

손쉽게 자존감을 선물합니다

CHAPTER 3

내 손으로 완성하는 낭만과 우아함

오늘도 다부지게 살아가시길

CHAPTER 1

인생은 요리하기 나름이에요

From.

흔한 재료로 '있어 보이는' 요리를 하고 싶어요

"따뜻하고 정성이 들어간 요리를 하고 싶은데
방법은 모르겠고, 인터넷으로 레시피를 찾아보면
재료부터 대단해서 엄두가 안 나요.
마트에서 쉽게 살 수 있는 재료만으로
그럴듯한 음식을 만들 수는 없을까요?
부모님께 대접해도 손색이 없는,
멋진 음식을 만들고 싶어요!"

To.

편안하고 따뜻한 프랑스의 맛

전자레인지 라따뚜이

뭔가 그럴듯한 요리를 해보고 싶은 욕심이 생겨서 오랜만에 요리책을 들췄는데, 이름조차 생소한 재료 때문에 의욕이 싹 사라져서 배달 음식을 시킨 적이 있지 않나요?

부모님께 대접할 만한 맛있는 음식을 만들고 싶은데 낯선 재료가 가득한 레시피를 따라 할 용기가 안 난다는 사연을 받았습니다. 조리 도구도 부족하고 재료도 낯설지만 멋진 요리를 해내고 싶은 마음이 저의 어린 시절과 겹쳐지면서 무척 공감되었습니다.

제가 중학생 때였습니다. 어렴풋이 요리사가 되고 싶다는 꿈을 키워갈 때였죠. 당시엔 인터넷 강의 같은 건 상상도 할 수 없었던 때였어요. 저의 욕구를 채워주었던 건 낮 시간대에 잠깐 방영하는 요리 프로그램이나 요리책이 전부였어요. 중학생 지갑에 요리책은 너무 비싼 물건이었고, 동네에는 요리책을 골고루 갖춘 서점도 없었어요. 그래서 엄마가 구독하는 잡지에 부록으로 딸린 요리책을 빌려보곤 했지요. 그중 하나가 《집에서 만드는 호텔요리》라는 책이었어요. 취나물로 만든 크림 수프, 비프 스트로가노프, 닭

고기 캐슈너트……. 어린 요리사 지망생의 눈에 얼마나 휘황찬란하고 멋져 보이던지요. 이 멋진 음식들을 집에서 만들 수 있다니, 당장 부모님께 짠 하고 대접하면서 앞으로 요리 공부를 하겠다는 선언을 하고 싶었어요.

그러나 책 속의 음식은 결국 대접해드리지 못했습니다. 밤새 책을 처음부터 끝까지 읽었지만 '구할 수 있는' 재료와 도구만 들어 있는 레시피는 단 하나도 찾지 못했거든요.

재료 준비부터 지쳐버리는 일이 자주 생기면 어느새 요리 자체에 흥미를 잃게 됩니다. 그래서 저는 요리책을 고를 땐 우선 재료와 도구부터 살펴봅니다. 사프란 같은 고급 재료나 푸드 프로세서, 제빵기 같은 값비싼 도구가 필요한 음식만이 가득한 책은 가끔 공부용으로 사긴 하지만 실제 집에서 자주 펼치게 되진 않더라고요.

사연을 보낸 분은 프랑스의 가정식 '라따뚜이'에 도전해보고 싶어 했어요. 그런데 이분이 꿈꾸는 라따뚜이는 간편한 가정식이 아닌 영화 〈라따뚜이〉에 나오는 고급스러운 스타일이었습니다. 문제는 영화 속의 라따뚜이를 만들려면 오븐이 필요하다는 거예요. 사연 속에서는 집에 전자레인지만 있다고 했거든요.

고민 끝에, 정통 레시피만큼 깊은 맛은 나지 않지만 영화에서처럼 예쁘게 플레이팅할 수 있는 '전자레인지 라따뚜이'를 처방해드렸어요.

라따뚜이를 정석대로 만들려면 월계수 잎이니 타임이니 하는, 새로 사야 하는 재료가 생겨요. 언제든 편히 만들고 싶은 마음이 들 수 있게 흔한 채소만으로 만드는 방법을 알려드릴게요.

먼저 2인분 기준으로 가지, 애호박, 토마토를 2개씩 준비하고 영화에 나온 것처럼 동그랗고 얇게(두께를 5mm 정도로) 썰어주세요. 넓은 프라이팬에 올리브유(식용유도 괜찮아요)를 두르고 썬 채소들을 중불에서 '구워'주세요. 볶는 게 아니라 바비큐를 만들 듯이 각 면을 노릇노릇하게 굽는 거예요(중요해요)! 소금으로 조금씩, 골고루 간하는 것도 잊지 말고요. 다 익은 채소들은 전자레인지에 쓸 수 있는 큰 용기에 담아주세요. 이 과정이 조금 오래 걸려요. 채소들이 하나하나 익는 동안 양파 1개를 잘게 썰고 마늘은 1쪽 정도 다져줍니다. 채소가 타지 않게 뒤집어주고요.

채소들을 모두 구웠다면, 같은 프라이팬에 다시 올리브유를 두르고 양파를 중약불에서 살짝 갈색빛이 돌 때까지 볶아줍니다(매운맛이 사라지고 고소하고 단맛이 나면 된 거예요). 볶은 양파에 토마토 소스 1컵을 부어 약불에 약 5분간 졸입니다(맛을 보고 소금, 후추 간도 해주세요). 이때 토마토 소

섞어주기
정리하기
소스뿌리기
허브 뿌리기

할머니 손맛 라따뚜이 스타일
영화 속 고급스러워 보이는
라따뚜이 스타일

스는 흔히 살 수 있는 양념이 많이 든 스파게티 소스가 아니라, 100퍼센트 토마토만 들어간 소스여야 합니다. 홀토마토든, 갈린 것이든, 깍둑썰기된 토마토가 들어간 것이든 다 좋아요. 만약 이런 소스를 구하지 못했다면 과감하게 생략해주세요. 차라리 채소 고유의 맛을 살리는 편이 소스의 맛이 진한 것보다 낫습니다.

이제 용기에 덜어둔 구운 채소들에 다진 마늘과 후추, 올리브유를 1~2큰술 더 넣고 골고루 버무려줍니다(채소가 으깨지지 않도록 조심하세요). 그다음 예쁜 모양을 내고 싶다면 영화에서처럼 채소들을 차곡차곡 색깔별로 담아주세요. 그다음 위에 졸인 소스를 부어줍니다(소스가 없다면 다진 양파만 고루 얹으세요). 생이나 가루로 된 허브(바질, 파슬리 등)가 있다면 채소 위에 뿌려도 좋습니다.

이제 전자레인지에 그대로 2분 정도 돌리면 끝입니다. 바삭하게 익은 걸 좋아한다면 2분 더 돌려도 좋아요. 전자레인지 요리는 금방 열기가 식기 때문에 얼른 먹는 게 좋고요.

만약 부모님께서 신맛을 그렇게 즐기지 않고 올리브유 특유의 새콤한 맛도 거북해하신다면, 토마토 양을 줄이거나 토마토를 구울 때 설탕을 살짝 뿌리고, 올리브유 대신 식용유를 써도 괜찮습니다(대신 채소를 더 좋은 걸로 준비해주세요!). 피망이나 양송이버섯 등을 넣어도 잘 어울립니다.

라따뚜이는 응용이 무궁무진합니다. 계절에 따라 채소를 조금씩 바꾸어도 괜찮고, 위에 치즈(비건 치즈도 좋습니다)를 얹으면 근사한 그라탕이 되니 손님 대접용으로도 좋죠. 특히 채소를 익힐 때 근사한 맛이 나게 하려면 반드시 하나씩 구워야 해요. 이것만 기억해두면 다른 채소로 요리할 때도 쉽게 응용할 수 있어요.

참, 그리고 라따뚜이는 본식이 아니라 전식 또는 사이드 메뉴로 먹는 음식입니다(배를 든든히 채우는 음식이 아니라는 거죠). 빵이나 올리브유, 소금을 살짝 더한 밥과 함께 먹거나 다른 메인 요리에 곁들이면 좋아요(흰 밥에 올리브유, 소금, 후추를 초밥 간하듯 양념해주면 이런 서양식 요리에 무척 잘 어울려요).

사연을 보내온 분은 원래 꿈꿨던 화려하고 아름다운 '라따뚜이'를 당장 만들 수는 없을 거예요(오븐과 갖가지 재료를 모두 갖추긴 어려우니까요). 하지만 조금 덜 세련되더라도 익숙한 재료로 편안한 맛의 음식을 만들어서 가족들과 감동을 나누었으면 했어요.

맛 자체보단 먹을 때의 행복한 기억으로 좋아하는 음식을 고른다고 한 사연자에게 과연 전자레인지로 만든 라따뚜이가 영화 속 한 장면이 되어주었을까요? 그 기억으로 라따뚜이는 '꿈의 요리'를 넘어 '최애 요리'가 되었을까요?

From.

아침에 요리할 시간이 없어요

"도시락을 자주 싸는 직장인입니다.
아기자기하고 예쁜 도시락을
만들어보고 싶은 로망이 있어요.
그런데 그런 도시락을 만들기엔
아침에 시간이 너무 부족해요."

To.

애쓰지 않고도 만드는 한 끼

여름 채소 도시락

도시락. 요리 사전을 통틀어 가장 설레는 단어이지 않을까요. 전혀 대단할 것 없는 평범한 음식도 도시락통에 담기면 매력이 200퍼센트 상승하는 것 같아요. 특히나 누군가가 나를 위해 직접 만들어준 도시락이라면 말이죠.

우편 레시피 상담을 하다 보면 '도시락 레시피'를 요청하는 분이 가끔 있어요. 점심시간에 도시락 뚜껑을 열었을 때 5초 정도는 꼭 시선이 머무를 작고 예쁜 세계를 꿈꾸는 분들이죠. 어느 날, 예쁜 도시락을 만들고 싶지만 아침에 요리할 시간이 없어 고민이라는 사연에 잠시 잊고 지냈던 기억 하나가 떠올랐어요.

10년 전, 프랑스에 막 와서 어학원에 다니던 때였어요. 점심시간엔 학생 식당이나 근처 빵집의 샌드위치로 끼니를 해결했어요. 그런데 가격도 비싸고 입맛에 맞지도 않아서 가끔은 도시락을 싸 가곤 했습니다. 적당히 밥과 반찬 한두 가지를 싸서(유학생에겐 반찬 한두 가지도 무척 대단한 거였지만요) 휴게실 한구석에서 조용히 점심을 먹었죠.

어느 날, 한 일본인 친구도 도시락을 싸왔다며 제 앞자리에 앉았습니다. '오, 드디어 일본 가정식 도시락을 실물로 보는 건가!' 하고 은근히 기대했죠.

뚜껑을 연 친구의 도시락은 예상대로 화려했어요. 알록달록하고 아기자기한 게 정말 예뻤어요. 그런데 친구는 이렇게 말했죠. "난 요리엔 자신 없어. 그래서 그냥 매일 이렇게 떠먹는 형태의 '흩뿌림 초밥(지라시 스시)'만 만들어. 간단한데 모양은 예쁘거든."

요리를 잘하지 못해서 간단하게 만든 게 '초밥'이라뇨. 그때까지 제 머릿속의 초밥은 전문가들의 손길을 거친 영롱한 자태의 음식이었기 때문에 친구의 말에 당황할 수밖에 없었어요. 그런데 친구는 '초밥'이 단촛물(식초, 설탕, 소금을 섞은 물)을 넣은 밥에 여러 가지 재료를 더해 다양한 방식으로 요리한 것일 뿐, 꼭 대단한 조리 과정을 거칠 필요는 없다고 말했어요.

이날 이후 제게 초밥의 이미지는 완전히 바뀌었습니다. 모양이나 재료가 어떻든 단촛물을 더한 밥만 있다면 언제 어떻게든 즐길 수 있는 음식으로 바뀐 것이죠. 이때부터 제 도시락에 초밥이 자주 등장했습니다. 특히 흩뿌림 초밥은 손으로 쥐거나 김에 말 필요가 없어서 바쁜 아침에 만들기 딱 좋더라고요.

처음 몇 번은 예쁘게 잘 만들려는 부담감 때문에 조금

오래 걸리긴 했지만, 색깔 조합과 양념만 잘하면 애쓰지 않아도 맛있게 만들 수 있다는 사실을 깨달은 다음부터는 딱 15분 만에 후다닥 만들 수 있게 되었어요.

제게 요리 상담을 신청하는 분들은 무척 바쁘게 하루를 보내는 경우가 많았어요. 이런 분들이 요리를 멀게 느끼는 건 시간이 오래 걸리는 것이 부담스러워서일 거예요. 특히 도시락은 아침에 만드는 경우가 많은데, 이른 새벽에 일어나 요리를 해야 한다고 생각하면 한숨이 저절로 나오죠.

그래서 저는 전날 저녁에 미리 해둘 수 있는 음식으로 도시락을 싸는 걸 추천해요. 반찬이나 토핑을 미리 만들어 두고 아침엔 밥만 해서 담는 방식으로 말이죠. 흩뿌림 초밥도 이렇게 만들기 때문에, 하루가 바쁜 분들께 적극 권해드리고 싶어요.

흩뿌림 초밥에 올릴 토핑은 다양하게 조합할 수 있어요. 비빔밥을 만들 듯이 좋아하는 재료를 마음껏 편안하게 올린다고 생각해주세요. 음식 색상을 다양하게 조합하면 무척 화사한 도시락이 만들어져요. 제가 제일 좋아하는 조합은 '두부 소보로'와 '여름 채소'인데, 싱그러운 채소와 두부만 넣고 만들 수 있기 때문이에요. 생선처럼 상할까 봐 걱정하지 않아도 되는 재료들이죠. 그래서 특히 날이 더운

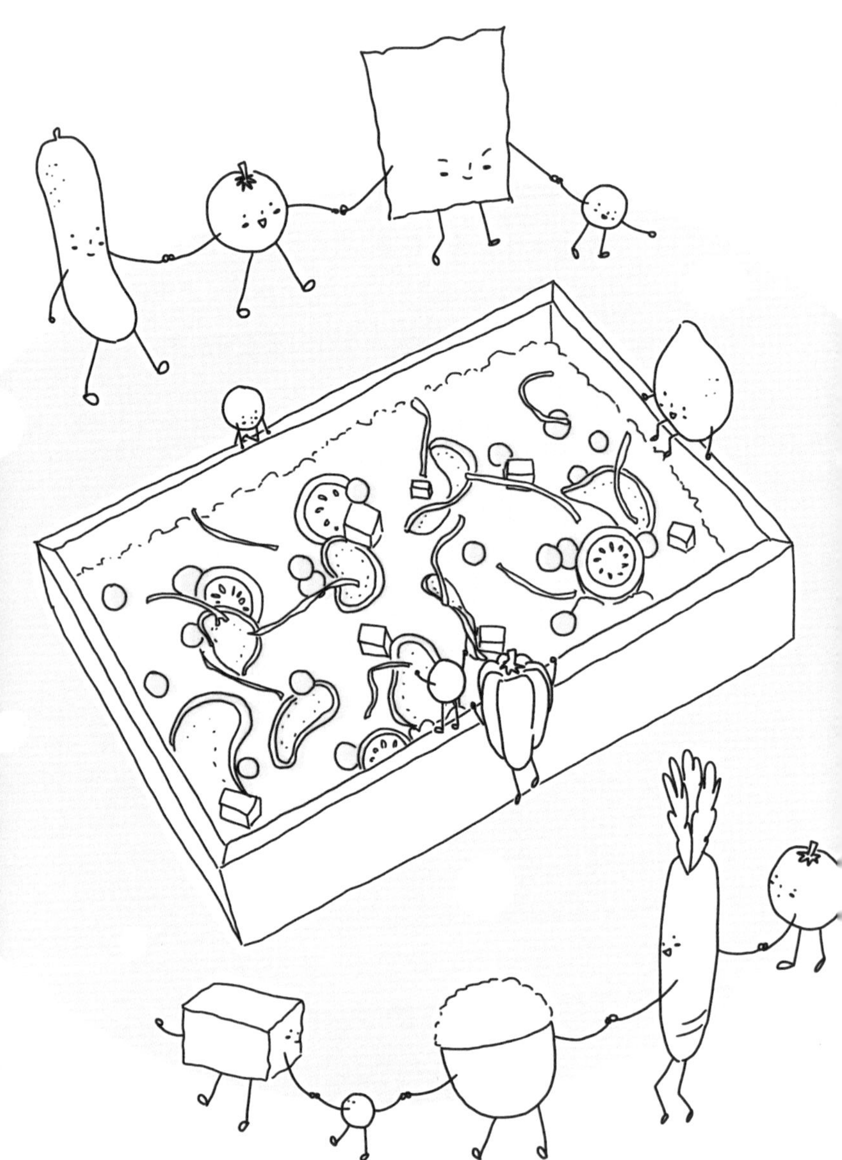

여름에 추천해요.

재료는 1인분으로 알려드릴게요. 우선 전날 저녁에 미리 만들어둘 수 있는 것들이 있어요. 여름이 제철인 채소 중에서 좋아하는 것으로 두세 가지를 준비해보세요. 저는 완두콩 3큰술, 당근 1/5개, 오이 1/4개, 방울토마토 2개를 준비했어요(모두 합쳐서 두 주먹 조금 안 되면 적당합니다). 당근은 작게 깍둑썰기를 하거나(완두콩과 비슷한 크기로 썰어주세요) 얇게 편으로 썰어줍니다.

소금을 3~4꼬집 넣은 끓는 물에 완두콩과 당근을 8분 정도 삶고 찬물에 헹궈주세요. 그리고 오이와 방울토마토를 손질합니다. 오이는 얇게 편으로 썰어 소금 1꼬집을 넣어 절여준 후 물기를 꼭 짜고, 방울토마토는 그냥 반으로 썰면 됩니다.

채소를 삶았던 냄비에 간장 2큰술과 설탕 1/2~1큰술(설탕은 취향껏 넣어주세요), 물 2큰술(채수 또는 육수도 좋아요)을 넣고 설탕이 다 녹을 때까지 중불에 끓입니다. 여기에 두부 1/2모를 손으로(또는 숟가락으로) 으깨 넣고 물이 없어질 때까지 졸여 두부 소보로를 만듭니다. 준비한 채소들과 두부 소보로는 냉장 보관하면 됩니다.

다음 날 아침, 밥그릇에 단촛물(식초 1큰술, 설탕 1/2큰술, 소금 3꼬집)을 만들어주세요. 바쁠 땐 전자레인지에 30초 돌리거나 냄비에 살짝 끓이면 설탕이 더 빨리 녹습니다. 여기에 따뜻한 밥 1공기(즉석밥도 괜찮아요)를 넣고 섞어주세요. 맛을 보고 입맛에 따라 간을 더해주세요(음식이 식으면 짠맛이 더 약하게 느껴진답니다. 참고!).

이제 도시락통 바닥에 밥을 깔고, 그 위에 두부 소보로를 펼쳐주세요. 마지막으로 준비해둔 채소들을 그림을 그리듯이 자유롭게 흩뿌리면 끝입니다. 밥과 두부 소보로에는 이미 양념이 되어 있으니 그냥 먹어도 맛있지만, 고추냉이와 간장을 섞어(또는 레몬즙과 간장을 섞어) 살짝 뿌리면 여름 채소의 싱싱한 맛이 한껏 살아나요. 각종 장아찌를 같이 곁들여 먹어도 좋습니다.

흩뿌림 초밥은 우리나라의 비빔밥과 비슷하지만 섞지 않고 그대로 떠먹는 점이 특이합니다. 모양이 흐트러지지 않아 끝까지 아름다운 모습을 감상하며 먹을 수 있고, 재료 하나하나의 고유한 맛을 느낄 수 있어요.

특히 무더운 여름, 뚜껑을 열었을 때 초록빛 가득한 여름 채소들이 그림처럼 펼쳐지는 도시락은 그 자체만으로 청량감을 줍니다. 잠시나마 푸른 들판 위 서늘한 나무 그늘 아래에 돗자리를 깔고 앉은 것 같은 분위기를 느낄 수 있어요. 그리고 부러운 눈길로 도시락을 흘긋거리는 직장 동료들에게 이렇게 슬쩍 말할 수도 있겠죠. "전 요리는 잘 못해요. 그래서 그냥 매일 이렇게 흩뿌림 초밥만 만들어요. 간단한데 모양은 예쁘거든요."

From.

국물을 좋아하는데 염분이 걱정이에요

“외식을 자주 하다 보니
강한 맛에 입맛이 길들여지는 것 같아요.
〈리틀 포레스트〉 같은 영화를 보고 있으면
소박한 음식이 당기다가도,
정작 밥을 먹을 때가 되면
자꾸 자극적인 음식을 찾아요.”

To.

식탁 위에 피어나는 소박한 음식

10분 포토피

저는 어린 시절 시골에서 살아서 배달 음식을 시켜본 기억이 거의 없어요. 시내 근처에 살아서 특별한 날이나 야밤에 중국 음식이나 치킨을 시켜 먹는다는 친구들이 무척 부러웠죠. 거의 평생을 배달 음식과는 인연이 없던 채로 살다가 이따금 프랑스에서 한국에 오면 신세계를 경험해요. 서울에 있는 동생의 자취방에 머무를 때면 배달 음식을 먹지 않을 수가 없더라고요. 원룸 주방은 라면만 겨우 끓일 수 있을 정도로 무척 좁고, 엘리베이터를 타면 이웃보다 음식 배달원을 더 자주 마주치고, 창문을 열면 늘 어디선가 배달 음식 냄새가 흘러들어 오니까요.

이런저런 핑계와 유혹에 못 이기는 척 넘어가 근처의 모든 배달 음식을 맛보고 나니, 온몸이 소금 덩어리가 되는 것만 같았습니다. 입맛도 점점 변해서, 집밥을 먹을 때도 간을 세게 하고 김치 같은 짠 반찬을 많이 먹게 되더라고요. 특히 저녁 늦게 야식을 먹고 난 다음 날은 종일 몸이 부은 느낌이라 그날 컨디션이 와르르 무너지는 것 같았어요.

프랑스 사람들도 짜게 먹는 편이에요. 한국에서는 주로 밥 한 그릇에 여러 가지 반찬을 각자 알아서 먹으면서 간 조절을 할 수 있는데, 프랑스에서는 완전하게 간이 되어 있는 상태의 음식을 한 그릇 단위로 먹기 때문인 듯합니다(그런데 프랑스 사람들은 많이 먹지는 않아서 총 염분 섭취량은 그렇게 높지 않아요). 식사할 때 빵을 잘 곁들여 먹지도 않는 저는 프랑스의 짭짤한 음식들이 어느샌가 조금 부담스러워졌습니다.

그러다가 눈 내리는 어느 날 마주한 식탁에서 저만의 작은 '리틀 포레스트'를 찾았습니다. 그날의 메뉴는 '포토푀'였어요. 식탁 위에 쿵 하고 내려앉은 커다란 무쇠 솥의 뚜껑이 열리는 순간, 뿜어져 나오는 향긋한 냄새로 매우 건강한 음식이란 걸 직감했죠.

큼직큼직하고 보들보들한 채소를 한입 크기로 썰어 입안에 넣자 뜨거운 콧바람이 저절로 나오던 맛. 평소에 짜게 먹는 프랑스 사람들도 이 음식만큼은 마치 그간의 염분 가득한 몸을 씻어내듯이 별다른 양념을 더하지 않고 먹더라고요. 그저 부드러운 채소의 식감과 따뜻함, 채소에서 우러나온 담백한 육수에 몸을 맡기면 되었어요.

이번 사연을 보낸 분은 배달 음식을 자주 먹어 염분 때문에 죄책감이 든다고 했습니다. '나트륨이 적어 안심하고 먹을 수 있는 뜨끈한 무언가'를 찾는다고요. 그 순간 그날

제가 먹었던 포토푀 한 그릇이 자연스럽게 떠올랐어요. 그동안 쌓였던 소금이 제 몸에서 천천히 녹아내리는 느낌. 그때 그 기분을 답장을 통해 전하고 싶었습니다.

2인분의 재료를 먼저 알려드릴게요. 소고기 200g, 대파 3개, 당근 2개, 무 1/3개(또는 순무 2개), 양파 1개, 마늘 1쪽, 클로브(정향) 2개(생략 가능), 소금 2꼬집(생략 가능), 후추를 준비해주세요. 향신료인 클로브는 꼭 넣지 않아도 되지만, 넣으면 무척 좋은 향을 냅니다.

고기와 채소 모두 큼직큼직하게 썰어주세요(너비가 4~5cm인 정육면체 모양으로). 마늘은 1쪽 정도 통으로 준비해주세요. 소고기는 포토푀에 흔하게 들어가는 재료지만 없이도 만들 수 있습니다. 고기를 그다지 먹고 싶지 않다면 대신 감자를 3개 정도 넣으세요. 채소들도 모두 준비할 필요는 없습니다. 대신 대파와 당근은 넣어야 서양 음식 특유의 향이 나요.

다음으로는 '부케 가르니'를 만들 거예요. 부케 가르니는 대파의 푸른 잎 부분을 펼치고 그 위에 월계수 잎과 타임, 파슬리 등을 얹어 김밥 말듯이 돌돌 만 다음 실로 묶은 것이에요(이 과정이 까다롭게 느껴진다면 그냥 월계수 잎 한 장만 준비해주세요. 고기의 삽내를 잡는 데 필요합니다). 부케 가르니는 시

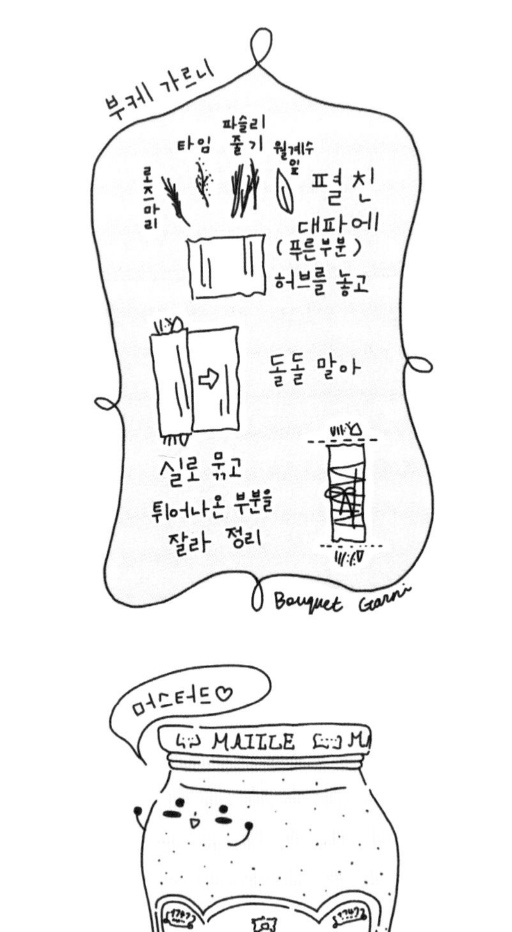

부케 가르니
로즈마리
타임
파슬리 줄기
월계수 잎
펼친 대파에 (푸른부분) 허브를 놓고
돌돌 말아
실로 묶고 튀어나온 부분을 잘라 정리
Bouquet Garni
머스터드♡
MAILLE
MAILLE
DEPUIS 1747
à l'Ancienne
MOUTARDE

양식 국물 음식을 좋아한다면 자주 쓸 수 있으니 만드는 법을 잘 익혀두면 좋아요.

이제 재료를 넣고 끓이기만 하면 됩니다(소금은 물이 끓기 전에 넣어 간을 하고, 후추는 다 끓인 후에 넣는 것이 좋습니다). 큰 밥솥을 이용해도 됩니다. 밥솥에 재료를 몽땅 넣고(감자는 빼고), 재료가 잠길 만큼 물을 부은 다음 1시간 반 정도 찝니다. 뚜껑을 열어보고 채소를 더 익히고 싶다면 30분 더 쪄요.

냄비에 끓일 때도 마찬가지입니다. 냄비에 재료를 모두 넣고 물을 부은 다음, 뚜껑을 덮고 1시간 이상 끓여주면 됩니다(처음에는 중불에 올렸다가 끓기 시작하면 중약불로 내려주세요).

감자는 익으면서 흐트러지기 쉬우니 물이 끓고 있는 중간에 넣는 게 좋아요(40분 정도 흘렀을 때가 적당해요). 만약 포토피에 국물이 별로 남아 있지 않다면, 감자는 따로 삶아 마지막에 넣는 게 좋습니다.

이렇게 1시간 정도 끓는 동안 주방과 테이블을 정리해두고, 그래도 시간이 남으면 다른 일을 할 수도 있죠. 그러는 동안 집엔 향긋한 냄새가 퍼질 거예요(만약 고기를 넣었다면 냄새가 조금 더 강해요. 집에 음식 냄새가 배는 게 싫다면 고기 없이 만드는 걸 추천해요).

테이블에 꼭 누었으면 하는 것이 있어요. 바로 '디종 머스터드'입니다. 이렇게 담백한 서양 음식을 먹을 때 소금 대신 곁들이면 좋은 소스로, 한국에서 흔히 먹는 허니 머스타드와는 다릅니다! 디종 머스터드엔 '홀그레인'과 '오리지널' 두 가지가 있어요. 홀그레인은 머스터드 열매가 통째로 들어가 있는 것이고, 오리지널은 그걸 곱게 갈아 부드럽게 만든 소스예요. 두 가지 다 맛있고 매콤한데, 만약 고추냉이나 겨자 소스처럼 코를 쏘는 매운맛을 잘 못 먹는 편이라면 홀그레인이 좋아요. 홀그레인은 대부분 순한 편이거든요. 아니면 오리지널을 사되 '포르테(강한)'이라고 쓰인 제품을 피하면 됩니다.

사실 상담을 신청한 분에게 포토푀를 처방해도 될지 꽤 오래 고민했어요. 이분은 성격이 급해 시간이 오래 걸리는 요리는 피한다고 했거든요. 포토푀는 천천히 채소의 맛을 끌어내는 요리여서 익히는 데 1시간 이상이 걸려요. 그럼에도 이 음식을 추천한 이유는, 흔히 생각하는 '오래 걸리는 요리'와는 다르다고 생각했기 때문이에요.

저도 요리할 때 성격이 급한 편이에요. 볶음 요리는 중국식처럼 제일 센 불에 빠르게 하는 걸 선호하고, 집밥을 만들 때도 주방에 30분 이상 서 있는 걸 싫어하죠(언젠가 앉아서 요리할 수 있는 책상과 의자를 개발하고 싶네요). 그런데 스튜를 냄비에 푹 끓일 때처럼 완성되는 동안 다른 일을 할 수 있는 요리라면 사연자가 받아주지 않을까 생각했어요. 게다가 '소금이 들어가지 않은 뜨끈하고 맛있는 국물'은 재료를 뭉근하게 오래 끓여야 만들 수 있어요. 재료의 풍부한 맛이 국물에 배어 나와 소금 따위는 잊게 만드는 거죠. 끓이는 시간은 1시간 이상이지만, 주방에 서 있어야 하는 시간은 10분 남짓인 이 요리가 이분에게 잘 맞을 수 있다는 확신이 서서 편지를 보냈습니다.

특별한 양념이나 재료 없이, 말 그대로 '부담 없이' 훌훌 넘길 수 있는 이 음식을 먹다 보면 온몸이 따스해지는 게 느껴져요. 사연을 보낸 분도 염분에 대한 걱정 없이 국물을 마음껏 먹고 치유된 몸과 마음으로 이번 겨울을 아늑하게 보냈을까요? 작은 리틀 포레스트가 주방에 가득 자라났을까요?

From.

식성이 다들 달라서 아주 골치입니다

"아이들과 남편의 입맛이 제각각이라
요리할 때마다 고민이 많아요.
간편하게 만들 수 있으면서도
아이와 어른 모두가 즐길 수 있는
음식이 있을까요?"

To.

돌돌 말면 끝이에요

입맛대로 크레프

집에 식구가 많거나 여러 사람을 집에 초대했을 때 가장 걱정되는 고민은 바로 이게 아닐까 합니다. '과연 모두의 입맛에 맞을까?'

프랑스의 가정집에 가보니 가족 모두의 입맛이 지나치다 싶을 만큼 다 다르더라고요. 가족 간의 입맛 전쟁 때문에 요리하는 사람의 고민이 많을 것 같았습니다. 프랑스에서 이런 싸움이 두드러지는 이유는 반찬이 없기 때문이에요. 보통은 메인 요리 하나와 사이드 요리 하나만 만들어서 다 같은 음식을 먹거든요. 그런데 한국은 메인 요리(찌개나 볶음 요리 등)와 함께 반찬을 여러 개 두어서, 메인 요리가 마음에 들지 않더라도 반찬만으로 충분히 제대로 된 식사를 할 수 있죠.

그런데 요즘은 한국의 가정집에서 옛날만큼 반찬을 가득 만들어 식탁에 내지 않다 보니 프랑스와 비슷한 상황을 겪는 분들이 생기는 것 같습니다. 그리고 손님을 초대할 때나 뭔가 그럴듯한 주말 만찬을 즐기고 싶을 땐 반찬 없이 서양식으로 만들고 싶기도 하고 말이죠.

제게 편지를 보내온 사연자도 비슷한 고민을 안고 있었어요. 아이 셋 모두 좋아하는 음식이 다르고, 남편과도 입맛이 다르다고 했습니다. 사연자는 가벼운 채소를 많이 섭취할 수 있는 다이어트용 요리를 하고 싶다는 말도 덧붙였어요. 이렇게 고난도 미션이 담긴 사연을 읽다 보니 떠오른 음식이 하나 있었습니다.

바로 '크레프'입니다. 한국에서 주로 '크레페', '크레이프'라고 부르는 프랑스 음식인데, 우리나라 전통 음식인 구절판과 비슷하다고 볼 수도 있고, 얇은 형태의 토핑 와플이라고 봐도 될 것 같아요.

재료는 (사연자의 가족 수에 맞추어) 5인분으로 알려드릴게요. 크레프 반죽용 재료로는 밀가루 350g(약 2컵), 달걀 3개 또는 전분 50g(4~5큰술), 녹인 버터 또는 식용유 3큰술, 우유 또는 두유 700ml(3과 1/2컵), 소금 1꼬집을 준비해주세요. 속재료는 양파, 버섯, 호박, 브로콜리, 파프리카, 토마토, 오이, 샐러드 등 좋아하는 채소와 향신료, 달걀, 치즈, 그리고 각종 소스가 있으면 좋습니다.

먼저 반죽을 만듭니다. 큰 볼에 밀가루와 달걀(또는 전분), 소금을 넣고 잘 섞어준 후 식용유(또는 녹인 버터)를 부어주세요. 다시 섞은 후 두유(또는 우유)를 천천히 넣어가며 거품기로 휘젓습니다(천천히 넣으며 섞어야 멍울이 덜 생겨요). 반죽은 걸쭉하게 만드는데, 일반적인 부침개 반죽 농도와 비슷하면 좋아요. 충분히 휘저었다면 볼 위를 접시 같은 걸로 덮은 후 2시간 정도 냉장고에 재워주세요(날이 많이 덥지 않으면 상온에도 괜찮아요). 급하면 보관하지 않고 바로 쓸 수도 있지만, 크레프가 조금 덜 부드럽게 만들어집니다.

이제 잘 재워진 반죽을 구워주세요. 이 과정이 꽤 걸립니다(부침개 굽듯이 한 면 부치는 동안 다른 일을 해도 좋아요!) 재료가 잘 달라붙지 않는 넓적하고 평평한 팬을 준비해주세요. 팬을 중약불에 달군 후, 기름을 두르고, 반죽을 중간 크기의 한 국자 정도로 덜어낸 다음 팬에 얇고 평평하게 부어 1분 정도 구워주세요. 그리고 찢어지지 않게 조심조심 뒤집어 반대쪽도 1분 정도 굽습니다. 한 장을 다 구울 때마다 키친타올에 식용유를 조금 묻혀서 팬을 쓱 닦아주세요(기름을 너무 많이 넣으면 기름 냄새가 올라와서 안 좋아요). 이렇게 하면 약 15장의 크레프(5인 가족 기준 1인당 3장 정도)가 만들어질 거예요.

크레프의 속재료는 아무거나 넣어도 맛있어요. 다 구운 크레프를 중앙에 가득 쌓아두고(여기서 아이들의 반응이 벌써 좋을 거예요!), 주변에 속재료를 늘어놓아 주세요. 쌉싸래한 샐러드, 볶은 고기나 생선, 달걀(프라이를 얹어 먹어도 좋고

CREPE
채소 크레프
피자 크레프
디저트 크레프
confiture

생달걀 그대로 크레프에 얹어 전자레인지에 익혀 먹어도 됩니다), 소스(케첩, 샐러드 소스, 마요네즈, 토마토 소스 등) 등등 각자 좋아하는 재료들을 잔뜩 다 꺼내놓는 거예요. 채소는 집에 있는 아무거나 다 괜찮아요. 볶은 것이든 생채소를 썬 것이든 다 좋아요(저는 양파와 양배추를 볶아서 넣어 먹어요).

자리에 앉아 접시를 앞에 두고 각자의 크레프를 만들어보세요. 막내아들에게는 간을 약하게 한 재료 위주로 말아서 썰어주고, 첫째와 둘째 아들에게는 모든 재료들을 최대한 골고루 넣어주는 게 좋겠죠? 아이들이 좋아하는 소스를 조금 뿌리고 위에 달걀이나 치즈를 얹어서 살짝 말아 전자레인지에 40초 정도 돌리면, 피자와 비슷해져서 아이들이 즐거워할 거예요! 어른들은 좋아하는 샐러드와 소스를 넣어 깔끔하게 먹거나, (매운 음식을 좋아한다면) 볶은 채소를 넣은 다음 매콤한 칠리 소스나 고춧가루를 살짝 더해도 맛있게 먹을 수 있을 거예요.

크레프는 식사와 디저트를 한 방에 해결할 수 있어서 좋아요. 1인당 2장 정도씩 점심으로 먹고, 남은 1장은 아껴두었다가 디저트나 간식으로 먹으면 훌륭한 주말 만찬 코스가 완성되죠. 이때는 잼이나 과일, 아이스크림 등을 넣어 먹으면 좋아요.

만약 식탁 위에 올릴 수 있는 핫플레이트나 버너가 있

다면 크레프를 만드는 과정을 놀이처럼 즐길 수 있어요. 가족, 손님들과 함께 직접 자신만의 크레프를 구워 먹으면서요(모양이 예쁘게 나오지 않아서 슬퍼하는 사람이 있다면, 어차피 칼과 포크로 찢어 먹는 거니 상관없다고 위로해주세요).

따지고 보면 정말 특별할 것 없는 레시피예요. 그런데 중요한 건 '각자 알아서' 재료를 선택해 만들어 먹는다는 거예요. 소금이나 소스를 알맞게 뿌려 각자의 취향대로 간을 조절할 수 있는 건 물론이고요. 채소를 먹고 싶은 어른은 채소를 듬뿍, 치즈를 먹고 싶은 아이는 치즈를 넣어 전자레인지에 데워 피자처럼 먹을 수 있어요. 디저트를 거나하게 먹고 싶은 사람은 디저트용 크레프를 더 남겨두면 그만이죠.

디저트는 아이스크림, 초콜릿 소스, 요거트, 견과류 등 다양한 조합의 재료를 올려 만들 수 있습니다. 오렌지 향을 좋아한다면 '크레프 수제트' 레시피를 추천해요. 작은 냄비나 프라이팬에 버터(또는 마가린) 1큰술, 오렌지즙 5큰술, 설탕 1큰술을 넣고 중불에 1~2분 동안 저어가며 녹여 소스를 만드세요(오렌지즙과 설탕은 오렌지 주스로 대체해도 좋습니다). 럼주나 그랑 마르니에 같은 독한 술을 마지막에 넣고 10초 정도 끓이면 향이 더욱 살아납니다. 크레프는 삼각형으로 접어 접시 위에 놓고 그 위에 소스를 뿌리세요. 또는 크레프를 소스가 담긴 팬에 함께 넣어 20초 정도 끓여도 좋아요. 이 소스는 자몽이나 라임으로 만들어도 색다르답니다.

프랑스에서 크레프는 격식을 갖추기 위한 음식이 아니라 일요일 점심이나 간식으로 편안하게 즐기는 메뉴입니다. 매 끼니 준비로 일주일 내내 고생했다면, 일요일은 좀 쉬어주면 좋잖아요? 크레프는 그럴 때 느긋한 냄새가 나는 풍경을 만들어주는 음식이랍니다. 한 사람이 크레프를 굽고 있으면 나머지 가족들은 냉장고 속 재료를 몽땅 꺼내 좌르르 늘어놓기만 하면 되는걸요.

아이들과 보내는 주말은 전쟁통이 되기 쉬운데, 식탁에서만큼은 입맛 전쟁에서 해방될 수 있는 음식을 먹으면 어떨까요? 입맛이 서로 다른 가족이 모인 집에서는 크레프 말고도 각자 좋아하는 재료를 골라 넣을 수 있는 팬케이크, 샌드위치, 전골 등을 점심 메뉴로 정하면 조금 더 평화롭게 주말을 보낼 수 있습니다.

전 혼자 살았을 때도 크레프를 가끔 해 먹었어요. 미리 여러 장 구워두었다가 냉동해서 이따금 꺼내 먹었죠(냉동할 땐 펼친 크레프 사이사이에 종이 포일을 깔아 밀봉해서 보관하면 됩니다). 냉동해둔 크레프를 한 장씩 해동해서 어떤 날엔 샐러드를 넣어 말아서 먹고, 어떤 날엔 잼만 발라서 아침으로 먹고, 어떤 날엔 케첩을 바르고 채소와 치즈를 얹어 전자레인지에 데워 미니 피자처럼 먹었어요. 먹고 싶은 음식은 매일 달라지기 마련이잖아요? 그럴 때 다양한 음식과 재료를 감싸 안아주는 크레프가 냉동실에 있으면 든든해요. 크레프는 여럿이 사는 가정뿐만 아니라 1인 가구에게도 넉넉한 음식이 되어줄 거예요.

사연을 보내온 분은 입맛이 제각각인 가족들의 끼니를 매일 챙기다 보니 레시피가 고갈되어 힘들다고 했습니다. 그분이 주말만큼이라도 마음 편하게 요리할 수 있기를, 주방에서 혼자가 아닌 여럿이 함께 따뜻한 음식을 만들 수 있기를 바라는 마음으로 크레프를 처방해드렸어요. 아이들에게 재미있는 이벤트가 되어줄 수도 있는 음식을요. 크레프가 주말 오후를 넉넉하게 만들어주었을까요?

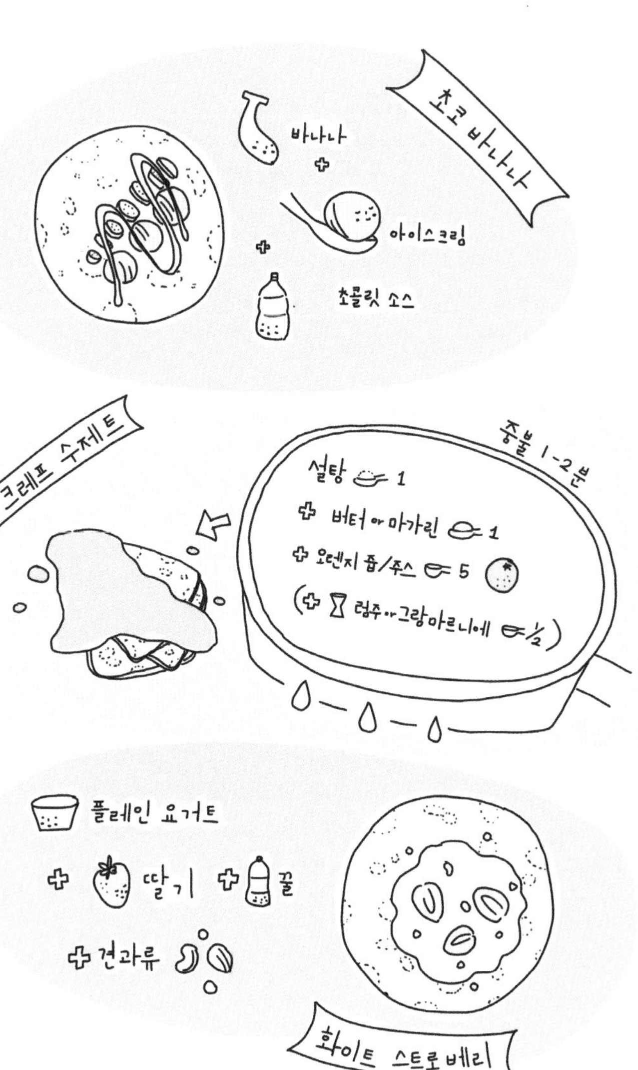

초코 바나나
바나나
아이스크림
초콜릿 소스
크레프 수제트
중불 1~2분
설탕 1
버터 or 마가린 1
오렌지 즙/주스 5
(럼주 or 그랑마르니에 ½)
플레인 요거트
딸기
꿀
견과류
화이트 스트로베리

From.

친구들이 감탄할 만한 집들이 요리를 하고 싶어요

"연말이나 축하할 일이 생겼을 때,
친한 친구들을 불러 함께 와인을 마시고 싶을 때
어떤 음식을 차려야 할지 막막해요.
특별하고 정성이 들어간 음식으로
친구들의 입에서 감탄사가 나오도록
만들면 좋겠는데 말이죠."

To.

원룸에서 근사한 저녁 파티

단짠 타르틴, 상큼 부르스케타

이제 막 자취를 시작한 분들은 이런 상상을 합니다. 예쁜 방 안, 깔끔하고 세련된 테이블 위에 펼쳐진 아름다운 음식들에 친구들이 감탄하는 집들이 파티 장면을요. 친구들과 함께 일렁이는 촛불에 비친 서로의 얼굴을 마주 보며 와인잔을 기울이는 상상을 해본 적 있지 않나요? 그런데 현실의 자취방에서는 포장 용기에 그대로 담긴 배달 음식을 나무젓가락으로 집어 먹으며 콜라와 맥주를 마시는 풍경이 펼쳐지죠.

낭만적인 식사 자리를 만들기 위해 이런저런 시도를 해본 분들이 있을 거예요. 다 함께 식탁에 둘러앉아 근사하게 칼질하는 식사 자리를 위해 우선 필요한 소품부터 체크했겠죠. 그런데 친구 네다섯 명과 함께 앉을 식탁을 고르자니 작은 자취방엔 너무 큽니다(비싸기도 하고요). 그리고 인원 수에 맞게 예쁜 그릇과 커트러리(나이프 세트)를 사자니 작은 찬장이 가득 차버립니다(평소엔 잘 쓰지도 않는데 말이죠).

소품들은 그렇다 쳐요. 근사한 요리를 찾아보니 전부 오븐이나 에어프라이어 또는 믹서기가 필요하다네요. 집에 있는 도구라고는 칼과 도마, 냄비와 프라이팬 정도가 전부인데 말이죠.

여차저차 소품도 준비하고 도구도 구해서 요리에 성공했다면요? 여럿이 모여 수다도 떨고 와인도 몇 잔 하다 보면 따뜻한 요리들은 금방 식어버려서 맛이 없어요. 그리고 같은 음식만 몇 시간 동안 계속 먹자니 조금 지겹기도 하고요.

친구들이 깜짝 놀랄 만큼 근사하면서도 만들기 쉬운 음식을 찾는다는 사연에, 아주 좋은 요리가 떠올랐습니다. 오븐이 있다면 미니 크루아상이라든가 작게 자른 키슈(프랑스식 파이)를 만들면 되지만, 오븐이 없을 땐 빵 위에 이것저것 발라내는 '타르틴'이나 '브루스케타'가 최고예요. 둘은 거의 같은 요리입니다. 구운 빵 위에 이것저것 올려 먹는 방식은 똑같지만, 프랑스 음식인 타르틴은 치즈와 버터가 자주 올라가고 이탈리아 음식인 브루스케타는 마늘과 올리브유를 주로 사용해요.

제가 자주 해 먹는, 믹서기도 오븐도 필요 없는 타르틴(또는 브루스케타)이 몇 가지 있어요. 공통점은 바게트나 식빵을 먼저 굽는다는 거예요(바게트는 얇고 넓게 썬 후 굽습니다). 빵은 바로 토스터기에 구워도 되고, 버터나 올리브유를 빵 위에 뿌려 팬에 노릇노릇 구워도 됩니다. 크기는 타르틴의 경우 한입 크기나 달걀 2개 정도 면적이면 좋아요(식빵은 2등분 또는 4등분하세요). 부르스케타용은 조금 더 크게 준비합니다.

1. 무화과 타르틴

늦여름이나 가을에 잔뜩 나오는 달콤한 무화과 4개를 사용해보죠. 플레인 크림치즈 1통(약 200g)과 호두 또는 견과류 2큰술(생략 가능), 꿀 5큰술(생략 가능), 소금, 후추도 준비합니다.

구운 빵 위에 크림치즈를 5mm 두께로 펴 바른 다음 소금과 후추를 살짝 뿌립니다. 그 위에 깨끗하게 씻어 5mm 두께로 편을 썬 무화과를 얹어주세요. 그리고 견과류를 다져서 조금 뿌리고, 꿀은 지그재그로 살짝 뿌려주세요. 크림치즈 대신 염소치즈를 올려도 잘 어울립니다.

2. 타프나드 타르틴

이건 살짝 짭짤한 타르틴이에요. 올리브(블랙 또는 그린) 30~40개(작은 병이나 통조림 하나 정도 양이면 충분해요), 마늘 1쪽을 모두 잘게 다지거나 으깨서 올리브유 1큰술, 약간의 후추와 섞은 다음 빵 위에 얹어주면 끝입니다(너무 간단하죠?).

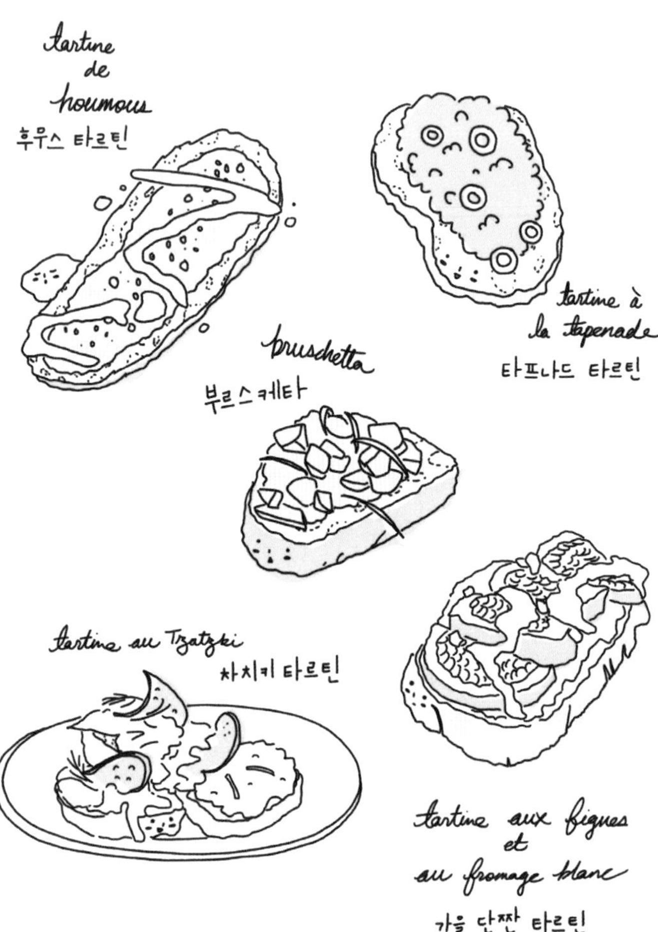
tartine de houmous
후무스 타르틴
tartine à la tapenade
타프나드 타르틴
bruschetta
부르스케타
tartine au Tzatziki
차치키 타르틴
tartine aux figues et au fromage blanc
가을 단짠 타르틴

3. 그리스식 차치키 타르틴

오이와 요거트가 들어가 부드러우면서도 청량한 맛이나 제가 제일 좋아하는 타르틴이에요. 재료는 그릭 요거트(일반 플레인 요거트나 식물성 요거트도 가능해요. 무설탕 제품을 추천해요) 1컵(240ml)과 오이 1개, 마늘 1쪽, 올리브유 2큰술, 레몬 1/2개, 민트 잎 또는 딜 1줌(생략 가능), 소금 3~4꼬집, 후추를 준비해주세요.

먼저 오이를 다지거나 얇게 편을 썰어주세요. 썬 오이는 소금에 살짝 재워둔 다음 5분 뒤에 물기를 쭉 짜냅니다. 여기에 요거트, 다진 마늘, 레몬즙, 올리브유, 다진 생허브, 소금, 후추를 모두 섞어 빵 위에 얹어 펴주세요. 장식으로 허브 잎(민트, 딜, 파슬리, 쪽파 등)을 조금 얹으면 좋아요.

4. 후무스 타르틴

앞서 가벼운 타르틴을 만들었으니 이번엔 살짝 무게감이 있는, 포만감을 주는 타르틴을 알려드릴게요. 삶은 병아리콩(렌틸콩, 강낭콩, 완두콩으로도 대체 가능) 10큰술(200g), 레몬 1개, 마늘 1쪽, 올리브유 5큰술, 고춧가루 1작은술(생략 가능), 소금, 후추를 준비합니다.

다음은 빵 위에 올릴 소스인 '후무스'를 만드는 방법입니다. 콩은 통조림이라면 물을 빼낸 다음 바로 써도 괜찮지만, 직접 삶는다면 손으로 으깨기 쉽게 완전히 푹 삶아주세요(병아리콩은 삶는 데 시간이 매우 오래 걸리니 미리 많이 삶아서 냉동해두세요. 그냥 통조림을 사도 좋아요. 렌틸콩은 30분, 생완두콩은 10분이면 삶아지니 추천합니다). 큰 볼에 콩을 넣고 포크로 으깨주세요. 절구를 써도 되고, 도마에 얹어 칼로 다지거나 칼등으로 눌러 으깨도 됩니다. 곱게 으깰수록 더 맛있어요. 다진 콩에 다진 마늘, 레몬즙, 올리브유, 고춧가루, 소금, 후추를 모두 넣고 섞어주세요(믹서기가 있다면 콩을 미리 으깨지 않아도 좋습니다. 모든 재료를 한꺼번에 넣어 돌리기만 하면 됩니다). 이제 이 후무스를 빵에 발라주면 끝입니다.

5. 토마토 부르스케타

상큼하고 촉촉해서 여름에 먹기 좋은 부르스케타예요. 맛에도 호불호가 없고요. 재료로는 방울토마토 30개(또는 토마토 6개), 마늘 2쪽, 생바질 잎 1주먹 또는 3줄기(파슬리 잎으로 대체 가능), 올리브유 7큰술, 소금, 후추, 발사믹 식초 4큰술(생략 가능)을 준비하면 됩니다.

방울토마토는 꼭지를 떼어내고 깍둑썰기를 하거나 반으로 자르세요. 일반 토마토라면 작게 깍둑썰기를 해주세요(크게 썰수록 모양은 예쁘지만 잘 흘러내려서 먹기엔 조금 불편합니다). 여기에 다진 마늘과 다진 바질 잎, 올리브유, 소금, 후추, 발사믹 식초를 모두 넣고 섞어주세요.

부르스케타용 빵은 타르틴을 만들 때보다 조금 더 크면 좋습니다. 큼직하고 미끌거리는 재료가 위에 올라가기 때문에 빵이 너무 작으면 먹기 힘들거든요. 식빵을 통째로 써도 좋고, 바게트라면 최대한 길고 넓적하게 준비해주세요. 마늘 향을 좋아한다면 구운 빵에 통마늘을 살짝 문질러도 좋습니다. 여기에 나머지 재료들을 조심스럽게 얹어주세요. 토마토에서 즙이 많이 흘러나올 텐데, 아깝다고 많이 얹으면 빵이 다 젖어버려 먹기 불편하니 조심하고요!

위의 레시피대로 네 가지 메뉴를 만들면 총 4인분 정도가 나와요(따로 식사를 하지 않아도 배가 부를 거예요). 추천하는 방법은 위의 레시피 중 최소 네 가지를 만들고(토마토 브루스케타는 입안의 퍽퍽함을 가시게 해주니 꼭 만들면 좋습니다) 저녁 겸 안주로 먹다가, 밤늦게 배가 고파지면 라면 같은 간단한 식사를 하는 거예요. 미리 만들어두는 게 부담스럽다면, 빵 위에 올릴 재료들을 따로 내어 친구들이 직접 스스로 빵에 얹어 먹게 해도 좋습니다.

전 프랑스에 온 이후로 간편한 안주를 척척 만들어내는

'프로 파티 준비러'가 되었습니다. 프랑스 사람들은 파티를 매우 자주 합니다. 외식비가 무척 비싸기 때문이기도 하고, 파티에 대한 개념 자체가 다르기 때문이기도 해요. 프랑스 사람들이 일상적으로 즐기는 파티는 결코 화려하지 않아요. 친구들과 함께 술에 과자나 시판 햄 같은 간단한 안주만 곁들여도 파티를 한다고 생각합니다. 보통 저녁 6시 즈음 친구들이 하나둘 모이기 시작합니다. 오자마자 맥주 한 잔을 교환하듯 건네죠. 그리고 끝없이 즐겁게 이어지는 수다, 술, 수다, 술……. 프랑스 친구들은 술과 담배, 키스, 수다로 늘 바빠서 입을 다물 틈이 없어 보일 정도예요. 반면 제대로 된 한 끼 식사는 그렇게 중요하게 생각하지 않습니다. 전 술을 잘 마시지 못해서 제가 먹기 좋은 안주는 스스로 열심히 준비해야 했습니다(프랑스 사람이 와인 한두 잔만 즐길 뿐 술을 취할 때까지 마시지 않는다는 말은 거짓말이었어요).

이처럼 프랑스의 파티 문화는 안주를 간단하게 먹는 편이라 건강에는 그렇게 좋지 않겠지만, 파티를 준비하는 입장에선 좋았습니다. 음식 준비에 대한 부담이 훨씬 줄어드니까요. 특히 설거지거리가 적게 나와서 좋아요. 이번 사연을 보낸 분도 음식에 대한 걱정은 내려놓고 친구들과 재미있게 파티를 즐겼으면 했습니다. 10분 만에 뚝딱 만들 수 있으면서도 모양도 예쁜 타르틴, 부르스케타와 함께요.

이번 요리의 가장 큰 목적은 '편한 친구들과 즐기는 근사한 술자리'예요. 치즈나 햄, 과일만 와인 안주로 즐기기엔 조금 아쉬울 때, 식사도 하고 여러 가지 풍부한 맛과 식감을 즐기고 싶을 때 이 메뉴를 준비하면 테이블의 구성도 색감도 예뻐지고 분위기도 좋아질 거예요.

예쁜 야경도, 멋진 테이블을 놓을 공간도, 고급 디너웨어와 커트러리를 보관할 큰 찬장도 없지만, 일단 할 수 있는 만큼만 정성을 들여 꿈의 파티 장면을 만들어보는 건 어떠세요? '언젠가'의 큰 집과 좋은 소품을 기다리는 것도 좋지만, '오늘'의 반가운 친구들과 맛있는 음식을 즐기는 것도 중요하니까요.

From.

주방이 너무 좁아서 요리하기 힘들어요

"대파 하나를 썰 때도 팔꿈치가
신발장에 닿을 만큼 조리 공간이 너무 좁아요.
식재료나 접시, 냄비 등등을 여기저기 두다 보면
방이 금세 지저분해져요.
기름이나 양념이 사방팔방으로 튀는 게
싫어서 그냥 요리를 안 하고 말죠."

To.

원룸에서도 세련된 요리 생활

조리 공간 확보

원룸에서 혼자 생활하는 분들이 보내오는 사연들엔 공통점이 하나 있어요. 바로 '조리 공간이 너무 좁다'는 고민이 빠지지 않고 등장한다는 것이죠.

저도 원룸에서 자취 생활을 꽤 오래 했어요. 처음 프랑스로 유학을 와서 머무른 기숙사에는 넓은 공용 주방이 있어서 다행이었지만, 얼마 후 6평 남짓한 작은 원룸으로 이사하면서 사정이 많이 달라졌어요. 그 방엔 '조리 공간'이라고 할 만한 곳이 아예 없었거든요. 벽장 한구석에는 냉동 기능은 없는 초미니 냉장고만 달랑 붙어 있었고, 비좁은 세면대 겸 싱크대에는 전자레인지 하나와 이동식 2구 핫플레이트가 전부였습니다. 뭔가를 놓고 조리할 만한 곳이 아예 없는, 잠자거나 공부만 하고 끼니로는 간편식만 데워 먹는 학생을 위한 곳이었죠. 저는 요리를 공부하는 학생이라 이런 원룸 구조가 여간 불편했던 게 아닙니다. 냉장고에서 꺼낸 재료를 세면대에서 다듬고(바닥을 물바다로 만들고), 구석에 놓인 책상에 가서 재료를 썰고 핫플레이트 위에서 조리를 했어요(노트북을 기름 범벅으로 만들면서요).

간단한 파스타나 볶음밥을 만들 때도 방 전체를 삼각형으로 왔다 갔다 하려니 너무 피곤하더라고요. 무엇보다 재료와 조리 도구 들을 급히 올려둘 '조리대'가 없다는 것이 가장 큰 문제였어요. 그래서 급한 대로 책장을 가로로 눕혀 세면대와 가까운 곳에 놓아 조리대를 만들었습니다. 책장은 다행히 넓어서 도마와 핫플레이트를 놓을 수 있었죠.

1m 남짓의 간이 조리대가 생겼을 뿐인데 요리의 질이 확실히 달라지더라고요. 특히 요리 시간이 훨씬 적게 걸려서 좋았어요. 전엔 뭔가를 계속 치우고 밀쳐가며 요리하느라 꽤 많은 시간을 잡아먹었거든요. 요리를 시작하기로 마음먹는 일도 무척 쉬워졌어요. 요리만을 위해 준비된 깔끔한 공간에 가서 바로 원하는 작업을 시작할 수 있다는 것이 의외로 큰 원동력이 된다는 걸 알았습니다.

이 원룸에서 이사한 이후에도 조리 공간이 그렇게 넓지 않은 주방을 자주 만났습니다. 싱크대와 가스레인지 말고는 손바닥만 한 조리대조차 없는 주방도 있었고요. 그럴 때 전 다른 일은 다 제쳐두고 조리 공간을 확보하는 것에 가장 먼저 집중합니다. 찾아보면 의외로 방법은 있어요.

첫 번째 방법은 제가 그랬던 것처럼 책장이나 수납장, 식탁을 깨끗하게 비워 조리대로 쓰는 거예요. 다만 이렇게 마련한 조리대를 늘 깨끗하게 유지하는 게 생각보다 쉽지 않을 수는 있어요(약이나 고지서 등이 가득한 마의 공간이 될 위험이 있죠). 그리고 조리대는 사실 싱크대와 가스레인지(또는 인덕션) 사이에 있는 것이 가장 좋아 살짝 아쉬운 구조지요. 조리대가 싱크대나 가스레인지와 멀면 음식물을 흘리기도 쉽고, 동선의 효율성도 떨어져 주변이 쉽게 지저분해질 가능성이 있거든요.

두 번째는 추가 조리대를 마련할 공간조차 없는 분에게 필요한 방법이에요. 비우세요. 원래 있는 조리대나 싱크대 위를 깨끗하게 치우세요. 정말 이것 말고는 방법이 없습니다. 보통 원룸의 조리대 위엔 식기건조대, 밥솥, 에어프라이어, 토스터, 커피머신, 전기주전자 등이 올라와 있습니다. 요리를 시작할 땐 다 비워주세요.

만약 식기건조대가 상부장에 부착되어 있어 조리대 공간을 차지하지 않는다면 괜찮아요. 하지만 그렇지 않은 건조대라면 이야기가 다릅니다. 가장 추천하는 방법은 상부장이나 하부장 안에 언제든지 건조대를 수납할 공간을 마련해두는 거예요.

요리를 할 때는 가장 먼저 건조대에 놓인 그릇들을 치운 다음, 건조대 자체를 통째로 들어 미리 만들어둔 공간에 집어넣으세요. 정말 넣을 자리가 없다면 차라리 바닥에 놓아버리더라도 요리할 땐 꼭 치워주세요. 저도 요리하기 위해 주방에 들어가면 아직 못다 한 설거지거리는 싱크대 안에 남겨두더라도 건조대는 무조건 치웁니다. 그래야 짜증을 덜 내면서 요리하게 되더라고요.

밥솥과 전기주전자, 에어프라이어, 토스터, 커피머신 모두 마찬가지예요. 당장 쓸 도구나 기기 외엔 모두 찬장이나 렌지대로 치워주세요. 보통은 꽤 자주 쓰는 이런 기기들을 조리대 위에 항상 올려두는 경우가 많아요. 쓸 때마다 꺼내는 게 더 귀찮다고 생각하니까요. 그런데 이런 기기들을 꺼내고 다시 집어넣는 데 걸리는 시간은 1분도 안 걸리지만, 좁은 공간에서 불편하게 요리하는 시간은 하루에 최소 30분에서 1시간이 걸려요. 기기들을 그대로 두는 것과 치우는 것 중 어느 쪽이 더 합리적일까요?

요리에 좀 더 진심이고 싶은 분들에게 저는 첫 번째와 두 번째 방법을 동시에 적용하면 좋다고 말씀드립니다. 우선 최대한 공간을 잘 살려 추가 조리대가 되어줄 만한 작은 가구를 놓아요. 그 안에는 밥솥과 에어프라이어, 전기 주전자 등의 기기들을 놓고 위는 비워둡니다. 싱크대나 가스레인지와 멀어도 괜찮아요. 이런 조리대를 어떨 때 쓰면 좋냐면, 바로 플레이팅할 때에요. 한참 요리하다가 음식을 접시에

예시 ①

냉장고
렌지대 or 책장 or 책상

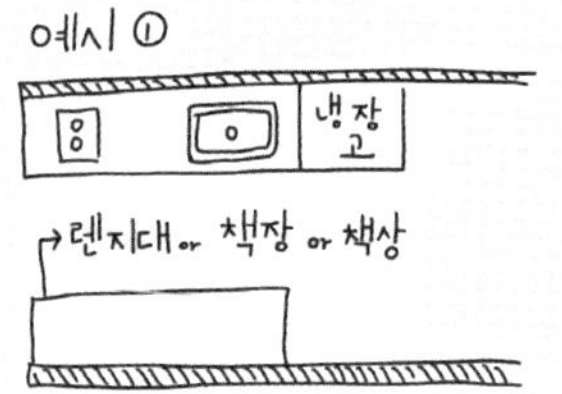

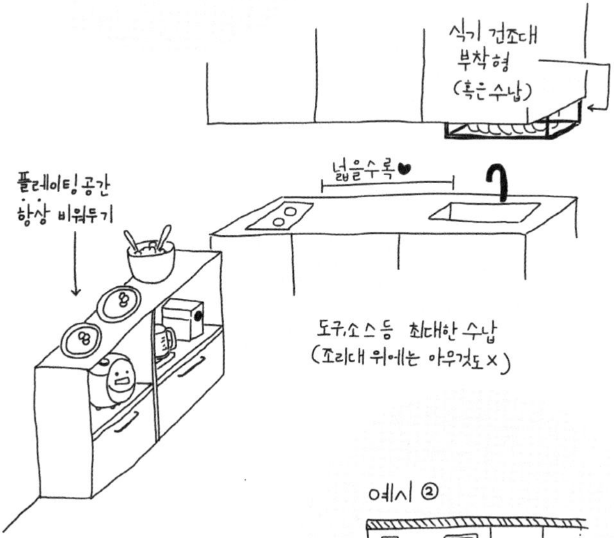

식기 건조대
부착형
(혹은 수납)
넓을수록♥
플레이팅 공간
항상 비워두기
도구, 소스 등 최대한 수납
(조리대 위에는 아무것도 X)

예시 ②

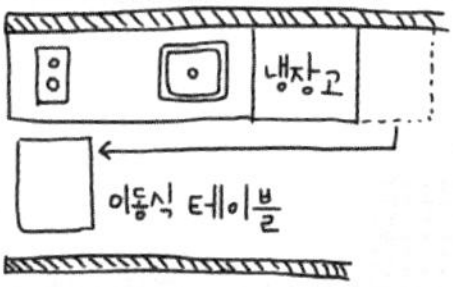

냉장고
이동식 테이블

담을 때를 대비해 이런 곳에 접시들을 미리 깔아두는 거예요. 음식 위에 뿌리면 좋을 향신료나 장식용 허브 등도 잊지 말고 옆에 준비해두고요.

기껏 신나게 요리했는데 막상 접시 놓을 자리가 없어서 발을 동동거렸던 경험이 있을 거예요. 좁은 원룸이더라도 이런 '세팅 플레이스'가 있으면 세련된 요리 생활을 하고 있다는 만족감을 채워준답니다.

설계자가 너무했다 싶을 만큼 주방이 심각하게 작은 원룸이 꽤 많죠. 밥솥 하나 놓고 나면 도마 놓을 자리조차 없는 곳도 많고요. 그렇다고 포기하지 말고, 어떤 방법을 써서라도 조리 공간을 확보했으면 좋겠어요.

조리 공간 확보는 요리 생활을 평화롭게 만드는 첫 번째 단계입니다. 라면 하나를 끓이는 것도, 프렌치 정통 풀코스 요리를 하는 것도 일단 조리대를 확보하고 나서 시작해야 해요. 맛있고 화려하고 깔끔한 요리는 좋은 도구, 기기 없이도 충분히 만들 수 있어요. 그렇지만 적당한 조리 공간 없이는 라면 하나도 평화롭게 끓이기 힘들어요.

그러니 당장 주방을 한번 살짝 낯설게 바라봐 주세요. 이제 보니 조리대 위에 '굳이' 올라와 있지 않아도 되는 것들이 보이지 않나요? 식기건조대가 꼭 그 자리에 항상 있어야 하는 물건이 아니라는 게 보이나요? 멋진 '세팅 플레이스'로 만들 만한 공간이 상상되나요? 그럼 이제 조리 공간을 제대로 확보하고 본격적으로 평화로운 요리 생활을 즐길 일만 남았습니다.

From.

어떤 도구부터 사야 할지 모르겠다

"친구야, 신혼집 주방을 꾸려야 하는데,
꼭 사면 좋을 조리 도구가 있을까?
오븐은 사는 게 좋겠지?
푸드 프로세서도 있으면 좋다던데,
어떤 모델이 괜찮아?"

To.

조리 도구에도 '멀티'의 세계가

주방 유용템 3가지

어느 날 친구에게서 메일을 한 통 받았습니다. 결혼하고 새로운 살림을 차리는데, 꼭 필요한 조리 도구를 추천해달라고요.

조리 도구를 고르는 과정은 요리 생활의 첫걸음이자 필수라고 할 수 있을 거예요. 어떤 도구와 기기를 가지고 있느냐에 따라 만들 수 있는 음식이 천차만별이죠. 그래서 전 요리 상담을 신청한 분에게 꼭 묻는 질문이 하나 있어요.

주방에 어떤 조리 도구가 있나요?

오븐은 있는지, 믹서기가 있는지, 가스레인지가 몇 구인지 등등을 자세히 파악하면 할수록 꼭 맞는 레시피를 알려드릴 수 있거든요. 그런데 가끔은 '이것만큼은 사두면 편해요'라는 생각으로 몇 가지 도구를 먼저 추천하기도 합니다.

컨벡션 오븐이나 푸드 프로세서 같은 크고 값비싼 도구는 분명 있으면 더 다양한 요리를 할 수 있지만, 일반 가정집에 필수라고 생각하지는 않아요. 저도 작은 오븐과 미니 믹서기 정도가 전부인걸요. 너무 정교한 도구는 사용법도 복잡하고, 청소하는 게 무척 번거로운 경우가 많아서 오히려 요리 욕구를 떨어뜨리기도 합니다(착즙기를 자주 쓰시는 분들, 존경해요).

저도 처음 요리를 공부하기 시작할 때는 값비싸고 좋은 기기들에 눈독을 들였죠. 언젠가 큰 주방이 생긴다면 제빵기, 착즙기, 수프용 믹서기, 튀김기, 제면기 등등을 착착 구비해두리라는 꿈을 꾸기도 했고요. 그러나 큰 주방도 돈도 없었던 유학생 시절이 지나고 레스토랑 주방에서 각종 화려한 도구들을 체험한 이후에는 그 꿈을 고스란히 접었습니다.

레스토랑 주방에서 일하기 시작한 첫 일주일 내내 몸에 익혀야 했던 것은 재료 손질이나 데커레이션 같은 것이 아니었어요. 좁디좁은 주방에서 바삐 움직이다가 엉덩이로 동료를 밀어 다치게 할까 봐 빈 공간을 요리조리 눈치껏 찾아다녀야 했고(보통 주방에서 사고는 이런 식으로 잘 생겨요), 어떤 접시나 도구라도 10초 내로 찾을 수 있게끔 그 물건들의 위치를 먼저 익혀야 했죠. 그리고 각종 도구들의 사용법을 이해하고(사수는 딱 한 번 대충 알려준 후 다시는 가르쳐주지 않더라고요), 빠르고 깔끔하게 청소해서 보관해두는 법까지 배워야 했어요. 외계어처럼 복잡한 사용법에는 금세 익숙해졌지만, 조리 기기 열댓 개의 부품을 모두 분해해 일일이 기름기를 닦고 사이사이에 낀 이물질을 빼내는 일이 큰 문제였습니다. 저의 소박한 인내심과는 어울리는 일이 아니었거든요.

많은 양을 매일, 빠르고 정확하게 요리해야 하는 레스토랑에서는 많은 조리 기기가 필요해요. 하지만 이제 막 요리에 재미를 붙이는 친구 부부에겐 크고 복잡한 기기보다는 작고 저렴하지만 아주 유용한 도구를 몇 가지 알려주고 싶었습니다(아끼는 친구가 착즙기 때문에 부부 싸움을 벌이는 건 말리고 싶기도 했고요).

우선 내가 가장 많이 사용하는 도구는 '그레이터'야. 한국말로는 '강판'이라고도 할 수 있을 것 같네. 그레이터는 토마토를 갈 때 쓰는 강판과 비슷한 용도로 사용해. 추천하는 건 다양한 굵기를 선택해 식재료를 갈 수 있는 사각형의 그레이터야. 길고 얇은 전문가용 그레이터는 재료가 부드럽게 금방 갈려서 레몬 제스트(음식에 향미를 더하기 위해 쓰는 오렌지, 레몬 등의 과일 껍질)를 만들 때나 치즈를 갈 때 편하게 쓸 수 있다는 장점이 있어. 하지만 서양 요리를 그렇게 자주 할 게 아니라면 굳이 필요하지는 않을 것 같아.

여러 굵기의 홈이 새겨진 사각형의 그레이터는 아주

다양하게 쓸 수 있어서 좋아. 레몬이나 치즈는 물론이고, 당근이나 호박 등의 채소를 갈아 샐러드를 만들 때도 아주 유용해. 비슷한 도구로는 채칼이 있어. 채소를 얇게 써는 도구라는 점에서 비슷하지. 그런데 그레이터로 갈면 좀 더 부드럽게 갈려(대신 즙이 더 많이 빠진다는 단점이 있지).

평소 샐러드를 만들거나, 전을 부치거나, 밥을 지을 때 함께 넣거나 하는 식으로 채소를 다양하게 즐겨 먹는다면 그레이터와 채칼 모두를 사두는 것도 나쁘지 않아. 둘 다 쓰기 편하고, 크기도 작고, 가격도 그렇게 비싸지 않고, 세척하는 것도 간편하거든.

언제든 쓰기 좋은 도구로는 '실리콘 주걱'도 있어. 보통 디저트를 만들 때 유용하다고 알고들 있던데 이 외에도 쓸모가 많아. 열을 많이 가하면 모양이 망가져서 일반 주걱처럼 프라이팬에 재료를 볶을 때 쓸 수는 없지만, 조리가 끝난 후 음식을 남김없이 쓸어 담을 때 유용해. 숟가락으로 한참 동안 냄비를 긁는 대신 실리콘 주걱을 쓰면 한 방에 쓱쓱 닦아낼 수 있어. 그러면 나중에 설거지도 편해지고 물 낭비도 줄일 수 있으니 꼭 구비해두기를! 실리콘 주걱은 여러 모양이 있는데 머리와 몸통이 하나로 이어진 것이 이물질이 낄 틈이 없어 관리하기 편해. 그리고 머리 부분은 오목한 것보다 최대한 평평하게 퍼진 것이 다양하게 쓰기 좋아.

도구 외에 기기 종류를 하나 가지고 싶다면 작고 튼튼한 믹서기를 들이면 좋아. 믹서기도 종류가 많은데, 되도록 플라스틱이 덜 들어가고 유리와 고무, 스테인리스로 만들어진 것을 추천해. 믹서기는 은근히 자주 쓰고 뜨거운 재료를 넣기도 하는데 플라스틱은 금세 낡아버리거든. 신혼 부부가 쓰기엔 작은 크기도 충분해. 믹서기 병의 크기가 너무 크면 소량의 재료는 잘 갈리지 않아서 불편하거든.

믹서기는 주스를 만들 때만 쓰는 게 아니라 아주 다양하게 활용이 가능해. 마요네즈도 금세 만들 수 있고, 페스토, 토마토 소스, 수프, 퓌레, 디저트를 만들 때도 무척 편해. 믹서기로 여러 소스를 직접 만드는 데 익숙해지면 시판 소스를 굳이 사지 않아도 될 거야.

그 외에도 꼭 사야 하는 건 아니지만 있으면 유용한 도구를 추천해줄게. 사과를 자주 먹는다면 사과 씨 빼내는 도구를, 레몬을 좋아한다면 레몬즙짜개(스퀴저)를, 으깬 감자를 좋아한다면 누르개(프레서)를, 음식을 접시에 예쁘게 담는 걸 좋아한다면 작은 틀 몇 개를 써봐.

소박하지만 유용한 도구들을 편하게 써보면서 요리하

는 재미를 붙여봤으면 좋겠어. 그러다가 좀 더 전문적인 요리들에 욕심이 난다면 그때 필요한 기기들을 구비하는 것도 절대 늦지 않아.

참, 덧붙이자면 칼만큼은 좋은 것으로 고르길. 좋은 칼과 손에 잘 익은 칼갈이만 있다면 뭐든 만들 수 있어.

조리 도구의 세계에도 '멀티'가 분명 존재합니다. 예를 들어 감자 껍질을 깎는 도구인 '필러'도 그저 껍질만 깎는 게 아니라 채소를 얇게 써는 도구로 변신하기도 합니다. 편을 썬 당근이나 애호박을 장미 모양으로 돌돌 말아 샐러드로 만들 수도 있지요. 칼도 그냥 재료를 써는 용도로만 사용할 수 있는 것이 아니라 통째 으깨는 역할도 합니다(마늘을 칼 뒤꿈치나 칼등으로 으깰 수 있어요).

이렇게 '멀티' 기능을 하는 도구 몇 가지만 있으면 값비싼 조리 기기는 하나도 부럽지 않습니다. 손도 잘 닿지 않는 높은 찬장에 자리만 차지하는 큰 기기를 먼저 들이기보다, 손에 착 감기는 연장 몇 가지만을 이것저것 활용해서 요리해보면 의외로 요리가 재미있다는 것도 알게 됩니다.

답장을 보낸 후 몇 년이 지나서야 친구 부부의 집에 가볼 기회가 생겼습니다. 아직 실수를 자주 하지만 이런저런 시도를 해보는 게 즐겁다고 말하며 주방으로 저를 데려가는 친구의 얼굴이 밝아 보여 안심했어요. 주방 살림은 단촐했지만 제게 내어준 식탁은 너무도 풍족했습니다.

작고 간편한 도구에 익숙해진 덕에 설거지도 한결 편해졌다며, 이제 좀 더 복잡한 요리에도 도전해보고 싶다는 친구. 어떤 새로운 공부나 취미에 막 빠져들기 시작한 사람만의 벅찬 표정이 제 마음마저 한가득 채웠습니다.

CHAPTER 2

손쉽게 자존감을 선물합니다

From.

미리 만들어놓고 오래 먹고 싶어요

"요리를 즐겨 하지 않습니다.
귀찮아서 누룽지나 두유로 때우는 경우가 잦아요.
그래서 간편하게 자주 만들 수 있는
음식을 찾습니다.
조리 시간이 많이 들지 않으면서
오래 신선하게, 소박하게 먹을 수 있으면
더욱 좋고요."

To.

간편하게 만드는 건강함

콩 샐러드

편지를 받았을 때, 프랑스 리옹의 작은 방에서 일요일 아침마다 혼자서 살금살금 샐러드를 만들던 제가 겹쳐 보였어요(방음이 잘되지 않는 곳이라 시끄럽게 요리하면 옆집 할머니의 잔소리를 감당해야 했거든요).

리옹의 작고 소박한 방에서 혼자 살았던 시절, 제 주식은 통조림이었어요. 요리 학교에 입학하기 전이라 요리에 자신이 없었던 시절이기도 했고, 그럴듯한 음식을 해 먹기 힘든 열악한 주방 환경이라는 핑계도 있었거든요. 근처에 신선한 채소를 구할 수 있는 큰 마트도 없었기 때문에, 오래 둘 수 있고 냉장 보관할 필요도 없는 통조림을 종류별로 맛보며 프랑스 음식을 몸에 익혔던 시절이 있었답니다.

한 일주일 정도 그렇게 먹다 보면 프랑스 음식이 물리는 날이 찾아옵니다. 그럴 땐 아침잠을 포기하고 가장 가까운 시장으로 가서 채소를 한 바구니 사와서는 어마어마한 양의 샐러드를 만드는 게 저의 일요일 오전 풍경이었어요. 미지근한 열기만 내뿜는 전기레인지에 파스타나 감자, 콩 등을 한 솥 삶아 채소들과 버무려 자그만 냉장고를 가득 채워두면 사흘은 든든했죠. 요리 실력도 시간도 여건도 여러모로 부족했던 시절, 씻고 자르고 삶고 버무리기만 하면 되는 샐러드는 제게 '자존감 팍팍 소울푸드'로 남아 있어요. 만들기 간편해서 실패할 확률이 낮고 차렸을 때 예쁘기도 한 음식만큼 자존감 회복에 도움을 주는 것이 있을까요?

샐러드를 한 대접 가득 만들어서 작은 밀폐 용기에 1인분씩 소분해 냉장고에 차곡차곡 쌓아두면 부자가 된 것만 같았어요. 요즘도 가끔 그때 그 기분을 느끼고 싶을 때 샐러드를 왕창 만들어 냉장고에 쌓아두곤 합니다. 영양과 맛을 따진다면 그때그때 만들어 먹는 편이 낫지만, 혼자 소박하게 자취방 창문 앞 책상에 앉아 먹었던 그 편안한 맛은 미리 만들어둔 것을 냉장고에서 꺼내 먹을 때만 나는 것 같아요.

사연을 보낸 분은 요리를 즐겨 하진 않지만 신선하고 간편한 음식을 만들고 싶다고 했습니다. 그래서 저만의 소울푸드인 샐러드를, 그중에서도 의외로 영양가 있고 맛있으며 오래 보관해도 맛이 크게 달라지지 않는 '콩 샐러드'를 처방했습니다.

콩 샐러드는 만들기 간단하지만 맛있고 영양가 있는 음식이에요. 우선 콩을 준비합니다. 아무 콩이나 좋아요. 렌틸콩, 병아리콩, 강낭콩, 완두콩……. 제철에 나오는 생콩도 좋지만 건조된 콩도 좋아요(건조된 콩은 크기가 큰 콩일수록 하룻밤 정도 불리면 좋습니다). 소금을 살짝 푼 물에 많은 양의 콩을 푹 삶아주세요. 그다음 소분해서 얼려두고 먹을 때마다 그때그때 해동하면 됩니다(물론 그때그때 삶는 콩이 제일 맛있지만요!).

생콩은 8~10분 정도면 금방 삶아지고, 건조된 콩은 20~40분 정도 걸리는데 손으로 쉽게 으깨질 때까지 삶으면 됩니다. 이 삶은 콩에 오이, 양파, 토마토, 파프리카 등을 잘게 썰어서 섞어줍니다(콩 크기와 비슷하게 썰면 제일 좋지만, 좀 더 커도 상관은 없어요). 드레싱은 시판 드레싱도 괜찮지만 식초와 간장, 설탕을 2 : 2 : 1 비율로 섞어 간단하게 직접 만든 드레싱을 넣어줘도 좋아요. 가장 중요한 건, 간을 볼 때 콩과 소스를 함께 먹어봐야 한다는 거예요. 소스만 맛보았을 땐 살짝 짠 듯하더라도, 콩과 함께 먹었을 때 간이 맞아야 나중에 싱겁지 않아요. 소스 조금에다가 콩과 다른 채소를 한꺼번에 한 숟갈 떠서 먹었을 때 간이 맞아야 합니다.

이 샐러드는 냉장고에서 2~3일 보관할 수 있습니다. 개인적으로는 렌틸콩 샐러드를 무척 좋아해요. 만약 생파슬리를 구할 수 있다면 듬뿍 넣어주면 더 좋고, 쪽파를 송송 썰어 넣어도 맛있어요!

콩 샐러드는 콩을 미리 삶아 준비해둔 다음 그날그날 채소만 새로 더해 신선하게 만들 수 있다는 장점이 있어요. 자취방에 냉동고가 없었던 저는 가끔 콩 통조림을 사서 샐러드에 쏟아부어 먹기도 했어요.

요리에 대해 아는 것이 별로 없었고, 혼자 먹을 음식을 공들여 준비하는 게 귀찮았던 그 시절 제게 신선한 채소를 듬뿍 먹는 즐거움을 알려주었던 음식. 주말에 조금만 부지런히 만들어두면 지친 평일 저녁 편안한 식사를 보장하던 음식. 토마토엔 어떤 채소가 잘 어울릴까, 바질엔 어떤 콩이 잘 어울릴까, 맛의 조화를 처음으로 즐거이 고민하게 만들어준 고마운 음식. 저의 소울푸드인 콩 샐러드가 '편안하게 요리하는 즐거움'으로의 첫 산책이 되기를 바랍니다.

OLIVE
OIL
병아리
콩
완두콩
렌틸콩
강낭콩
for
2·3
days
콩 샐러드
Salade de haricots

From.

상해서 버리는 채소가 너무 아까워요

"1인분의 요리를 하고 나면
늘 식재료가 애매하게 남아요.
대개 일주일을 버티지 못하더라고요.
이런 식재료를 처리하느라
매 끼니 비슷비슷한 요리만 하게 되어서
먹는 것이 즐겁지 않은 비참한 상황에
빠져버렸습니다."

To.

생명력 강한 채소의 향

셀러리 양파 라이스,
미네스트로네

어느 날 이런 사연을 받았습니다. 싫어하는 재료도 없고, 딱히 가리는 음식도 없을 만큼 열린 마음인데도 식재료가 상하기 전에 요리하기 급급해서 더는 뭔가를 해 먹는 것이 즐겁지 않다고요. 일을 마친 뒤에는 잘 먹고 쉬는 시간이 중요한데 무척 안타까운 이야기였습니다.

전 보통 일주일에 한 번 정도 시장에서 채소를 한가득 사는데, 일주일 안에 다 먹을 수 있는 양과 메뉴를 미리 정해 장을 봅니다. 남편과 함께 2인 가구로 살며 삼시 세 끼를 직접 해 먹기 때문에 재료 순환이 빠른 편이어서 버리는 식재료는 적은 편이에요.

그런데 아무래도 혼자 사는 분에겐 남은 재료를 처리하는 것이 가장 골치 아픈 일인 듯합니다. 저도 자취하던 시절엔 참 많이도 썩혀서 버렸습니다. 그땐 작게 포장되어 나오는 1인 가구용 채소도 별로 없는 편이었고, 어떤 재료가 오래가거나 빨리 상하는지도 제대로 몰랐기 때문이죠.

이젠 장을 봐오면 조금 귀찮더라도 재료들을 제대로 보관해요. 특히 가장 먼저 소비해야 하는 재료는 눈에 잘 보이는 곳에 둡니다. 양상추나 시금치 같은 잎채소는 장을 본 당일에 바로 먹으려고 하고요. 장을 한 번 보고 나면 힘이 다 빠져서 간단하게 라면 하나로 끼니를 때우고 싶다는 충동이 들기 마련이지만, 조금만 더 부지런하게 움직이려 노력합니다.

그렇게 여러 번의 시행착오를 거쳐보니 생각보다 꽤 오래 보관할 수 있는 채소들이 눈에 들어왔습니다. 예를 들어 감자와 고구마는 상자에 담아 베란다 같은 서늘한 곳에 두면 상당히 오래 보관할 수 있고(베란다가 없는 원룸에선 현관 신발장 쪽에 두면 좋아요. 작물에서 가끔 싹이 나오지만 그때그때 제거해주면 괜찮습니다), 껍질이 두툼한 과일들은 굳이 냉장고에 두지 않아도 꽤 오래갑니다(사과는 분리해서 보관하거나 봉지에 개별로 포장해주세요. 사과에서 나오는 에틸렌 가스가 다른 과일들을 일찍 마르게 하거든요). 그중에서도 여기저기 다양하게, 가장 유용하게 쓸 수 있는 채소가 있어요. 바로 양배추와 셀러리입니다.

양배추는 한국에서도 애용하는 채소죠. 봄에는 한 통 사서 샐러드로도 먹고 샌드위치에도 넣고요. 너무 많이 남았을 땐 쪄서 쌈을 만들어 먹으면 금세 없어지죠(칼이 지나간 부분이 검게 변색되곤 하는데, 심지를 도려낸 다음 거기에 적신 키친타올을 넣고 랩으로 감싸두면 훨씬 더 오래 싱싱하게 보관할 수 있어요).

셀러리는 조금 낯선 채소라는 생각이 들 거예요. 저도

한국에선 셀러리를 직접 사서 먹어본 적이 거의 없습니다. 가끔 어떤 요리에 필요해서 한 단을 사고 나면, 남은 셀러리를 어디에 넣어서 처리해야 할지 막막했으니까요. 향이 강하니 딱히 어울리는 음식도 없어 보였죠.

그런데 알고 보니 셀러리로 아주 다양한 요리를 할 수 있더라고요! 한식보다는 양식에 더 어울리기는 하지만요. 무겁거나 기름진 양식보다는 이탈리아 가정식 요리에 무척 다양하게 쓰입니다.

양배추와 셀러리는 꽤 오래가고 또 잘 물리지 않는 무난한 식자재여서 상담을 신청한 분에게 유용한 재료가 되지 않을까 생각했습니다. 그래서 이 둘을 이용해서 간단하게 만들 수 있는 '셀러리 양파 라이스'와 '미네스트로네'를 처방해드렸어요.

'셀러리 양파 라이스' 2인분의 재료로는 양파 1개(양파를 좋아하지 않는다면 1/2개), 셀러리 2줄기, 쌀 1컵(약 200g), 올리브유 2큰술, 화이트와인(또는 청주) 1/2컵(약 100ml), 물 1과 1/2컵, 소금, 후추를 준비해주세요.

먼저 양파를 다집니다. 셀러리는 결 반대 방향을 따라 가로 5mm 두께로 썰어주세요. 적당한 크기의 냄비(라면 2개 끓일 수 있는 정도의 크기)에 올리브유를 2큰술 휙 둘리주고,

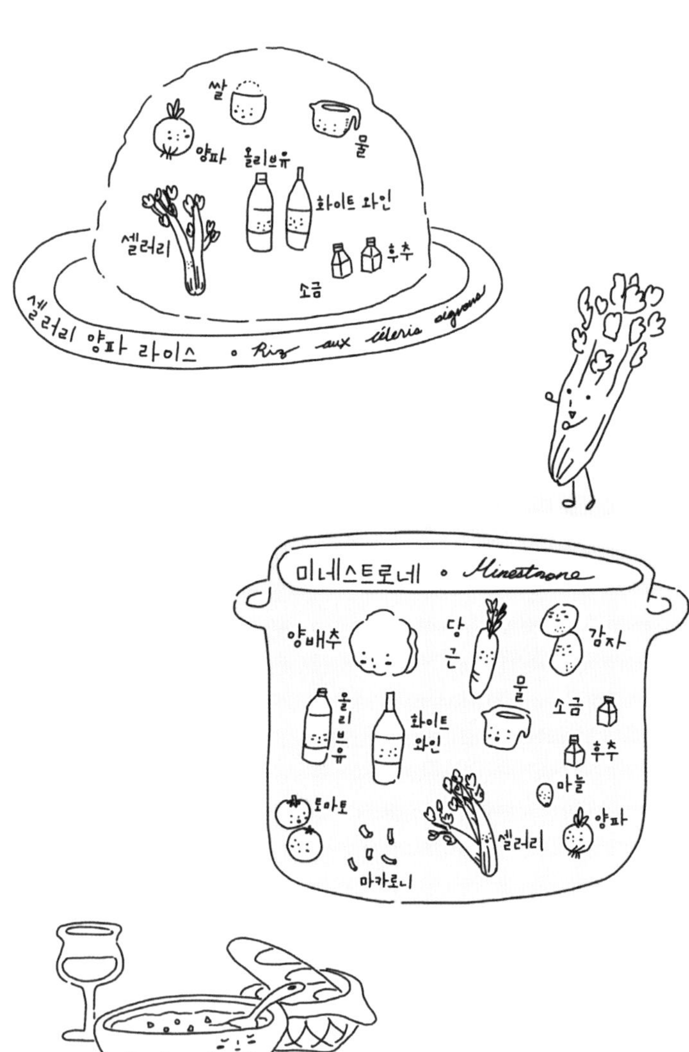

쌀
양파
올리브유
물
화이트 와인
셀러리
후추
소금
셀러리 양파 라이스 ∘ Riz aux céleris oignons
미네스트로네 ∘ Minestrone
양배추
당근
감자
올리브유
화이트 와인
물
소금
후추
마늘
토마토
셀러리
양파
마카로니

중불에 양파를 볶아주세요. 양파가 투명해지면 썰어둔 셀러리를 넣고 1분 정도 볶아주세요. 그리고 생쌀과 소금, 후추를 넣어 30초 더 볶습니다.

그리고 화이트와인을 붓고, 한두 번 휙 저은 다음 물을 부어주세요. 집에 월계수 잎이나 타임 같은 허브가 있다면 조금 넣어도 좋아요!

이제 냄비로 밥을 짓듯이 중불에 계속 끓이세요. 물이 완전히 졸아들었으면 약불로 5분간 더 끓입니다. 그 뒤 불을 끄고 한 번 뒤적인 다음 뚜껑을 덮고 5분 정도 뜸을 들여주면 됩니다. 이 라이스는 카레와도 잘 어울려요.

'미네스트로네'는 이탈리아의 담백한 채소 수프입니다. 2인분의 재료로는 양파 1개, 마늘 1쪽, 셀러리 3줄기, 양배추 1주먹, 당근 1/2개, 감자 2개, 토마토 2개(또는 홀토마토 캔 1개), 올리브유 3큰술, 화이트와인 1컵(약 200ml), 물 1.5L, 마카로니 50g(삶은 콩이나 쇼트 파스타를 넣어도 좋아요), 소금, 후추를 준비하세요.

위의 재료가 모두 꼭 있어야 하는 건 아닙니다. 양파 대신 파를 넣어도 좋고, 감자는 애호박으로 대신하거나 아예 없어도 좋아요. 당근도 없어도 괜찮습니다. 맑은 국을 끓일 때처럼 그때그때 상황과 취향에 맞게 조절하면 됩니다.

레시피는 간단해요. 조금 큰 냄비에 올리브유를 두르고 양파부터 마늘, 당근, 셀러리, 양배추, 토마토(토마토 캔이라면 와인 다음에 넣어주세요) 순으로 넣어 볶으세요. 마늘은 다지고, 나머지 채소들은 손가락 한 마디 크기로 잘라 손질한 것이면 됩니다. 화이트와인이나 청주를 부은 다음 물과 소금, 후추로 간을 하고 중약불에 40분 정도 뭉근하게 끓여주세요. 월계수 잎 같은 허브도 필수는 아니지만 넣으면 좋아요. 그리고 마카로니를 넣고 중간중간 저으면서 약 10분간 더 끓입니다.

두 요리는 모두 냄비 하나로 만들 수 있어요. 라이스는 같이 곁들일 만한 카레가 있으면 좋지만, 미네스트로네는 이 하나만으로도 충분할 거예요(여러 번 끓일수록 맛있는 수프예요. 다음 날 먹을 때 맛에 조금 변화를 주고 싶다면 위에 치즈를 조금 얹어 먹어도 좋습니다).

모든 요리를 끝내고 나서도 셀러리가 남았다면, 사과나 양파를 같이 넣어 소스(올리브유 2: 식초 1: 설탕 1: 간장 1)에 버무려 샐러드로 먹거나, 굴소스나 간장 등에 볶아 먹어도 맛있어요(청경채의 유럽 버전이라고 할까요).

원래 셀러리는 껍질을 벗기는 게 좋습니다. 그런데 이번 레시피에서는 가로로 얇게 써는 형태라 껍질을 벗기지 않아도 크게 식감이 불편하지 않을 거예요(귀찮기도 하고요). 만약 셀러리를 조금 큼직하게 썰거나 세로로 자르고 싶다면, 입안에서 걸리지 않도록 껍질을 벗기는 걸 권합니다.

레시피들을 2인분으로 알려드린 이유는 다른 음식과 먹어도 조화롭고 변화를 주기에도 좋기 때문이에요. 라이스는 남겼다가 다음 날에 먹어도 좋아요. 완성하자마자 절반을 냉동해두면 언제든 다시 꺼내 먹을 수 있고요. 미네스트로네는 이틀 안에 다 먹는 것을 권합니다(마카로니가 불는 것이 싫다면 따로 삶아 그때그때 넣는 걸 추천합니다).

요리하고 남은 재료를 또 먹자니 지겹고, 그렇다고 버리자니 속상하잖아요. 양배추와 셀러리는 오래가는 데다 손질할 필요도 거의 없는 사랑스러운 재료들이지요. 이 채소들이 조금이라도 위로가 되기를 바라며 답장을 보냈어요. 오늘 저녁 셀러리의 시원한 향이 그분의 주방을 즐겁게 했을까요?

From.

집에서도 코스 요리를 할 수 있을까요?

"주방이 협소한 편이라 불편하지만,
프랑스식으로 전식부터 본식까지
준비해보는 게 꿈이에요.
20대 초반에 프랑스의 비스트로에서 맛보았던
본토의 맛을 다시 맛보고 싶어요."

To.

소박하고 간단하지만 낭만적으로

초간단 프랑스 코스 요리

집에서 코스 요리를 만들어보는 게 로망이라는 사연을 받았어요. 한국의 좁은 주방에서라도 유럽 본토의 맛을 재현해보고 싶다는 분이었습니다.

이분이 상상하는 식탁은 아마 이런 풍경이 아닐까 해요. 집에 손님이 왔어요. 분위기를 경쾌하게 만드는 식전주를 간단한 크래커와 함께 내오고, 천천히 대화를 나누다 주방에서 전식을 가져옵니다. 입맛을 돋우는 간단한 전식을 먹는 동안 주방에서 흘러나오는 구수한 본식의 냄새가 식탁까지 퍼집니다. 본식을 다 먹은 다음 디저트까지 내오는데도 주방에서 보낸 시간은 1분 남짓. 정말 우아하면서도 넉넉한 풍경이죠? 적어도 서너 가지 음식을 동시에 준비하면서도 손님과 식탁에 앉아 대화할 여유까지 있는 풍경. 과연 가능할까요?

연애하던 시절 남편을 처음 집에 초대했을 때였죠. 빛나는 식사 시간을 꿈꾸며 코스 요리를 만들어보기로 마음먹었습니다. 요리를 본격적으로 배우기 전이었고 별다른 주방 시설이 갖춰져 있지 않은 원룸에 살고 있었지만, 어쩐지 잘 보이고 싶은 마음에 욕심을 부려 재료를 잔뜩 사왔어요(원래 잘 모를 때 더 열정이 넘치지 않나요?). 레시피를 잘 고르고 꼼꼼히 외워두는 만반의 준비를 했기에 꽤 만족스러운 음식을 만들 수 있었는데요. 문제는 맛이 아니었습니다.

낭만적인 식사를 상상했는데 정작 사람이 아니라 음식이 주인공이 되어버린 것이 문제였어요. 전식을 먹으면서도 본식을 준비할 생각이 머릿속에 가득했습니다. 이야기를 하다가도 중간중간 일어나 주방에서 10분 넘게 다음 음식을 준비하느라 대화의 흐름이 자꾸 끊어졌습니다. 요리 솜씨를 자랑하려 한 계획은 성공했지만 아늑한 식사 분위기를 연출하려던 계획은 완전히 실패한, 씁쓸한 저녁이었어요. 그때 깨달았어요. 화려한 코스 요리로 손님 접대를 하면서도 여유가 넘치는 장면은 영화에서나(집에 요리사가 따로 있거나) 가능한 거구나 하고 말이죠.

그런데 저는 요리도 즐거운 식사 자리도 포기하고 싶지 않았어요. 그런 목표로 손님 접대를 많이 해보면서 코스 요리를 느긋하게 준비하는 요령을 터득하게 되었습니다. 화려하지는 않더라도 '미리' 만들어둘 수 있는 음식으로만 구성하면 되는 거였어요. 그럼 손님이 오기 1~2시간 전에 모든 요리를 마쳐두고 나중에는 음식을 덥히거나 플레이팅하는 데만 집중할 수 있거든요. 대단하지는 않아도 소박한 음식이 깔끔하게 플레이팅된 접시가 나왔을 때, 다음 음식이 나오는 시간이 길지 않아 집주인 없이 오랫동안 무안하게 식탁에 앉아 있지 않아도 될 때 식사의 기억이 좋게 남더라고요. 아무리 맛있고 화려한 음식이 있어도 기다리는 시간이 너무 길고 집주인과 대화한 기억이 별로 없는 자리는 조금 불편했어요.

지난 기억을 떠올리면서, 코스 요리를 하고 싶다는 분께 소박하고 간단한 음식들을 처방해드렸어요. 정말 영화에서처럼 식탁을 거의 벗어나지 않고도 그럴듯한 코스 요리를 대접하는 방법을요(설거지가 가득 쌓인 주방은 영화 같지 못하지만요).

한국의 프랑스 식당에서는 잘 내지 않는 진짜 프랑스 본토의 음식으로 골라봤어요. 전식으로는 푸아로 아 라 비네그레트(차가운 대파절임)을, 본식으로는 아시 파르망티에(고기 감자 그라탕)를, 마지막으로 디저트는 딸기 절임을 곁들인 히오레(쌀 우유 조림)를 추천해요. 전식과 후식은 미리 만들어서 식혀 먹는 음식이니까 작은 주방에서 천천히 요리하더라도 괜찮아요.

먼저 가장 간단한 전식부터 준비할게요. 재료의 양은 2인분 기준이에요. 깨끗하게 씻은 대파 4~5개의 흰 부분만

큼직하게(손바닥 길이만큼) 썰어서 냄비에 넣고, 소금 2꼬집을 푼 물을 대파가 모두 잠길 만큼 부어주세요. 센불에 올렸다가 부글부글 끓으면 약불로 줄이고 뚜껑을 덮어 20분간 삶아줍니다. 다 삶은 대파는 체에 받쳐서 물기를 뺀 후 그대로 냉장고에서 1시간 이상 식혀주세요. 그리고 비네그레트 소스를 만듭니다. 디종 머스터드(허니 머스터드가 아니에요!) 1큰술과 식초 3큰술, 식용유 7큰술, 소금을 살짝 섞어서 소스를 만든 다음 파 위에 뿌려 먹으면 됩니다. 디종 머스터드는 사두면 샐러드에 곁들이기 좋은 비네그레트 소스를 만들 때 유용해요.

후식인 히오레도 정말 간단해요. 작은 냄비에 재료들을 몽땅 다 넣고 중불에서 30~40분 끓여주면 끝이에요. 우유나 두유 500ml, 쌀1/2컵(100g), 황설탕 2큰술을 넣어주세요. 죽을 끓이는 것과 비슷합니다. 가끔씩 달라붙지 않게 저어주기만 하면 돼요. 전식에 들어가는 대파를 삶는 동안 끓이면 시간을 절약할 수 있어요. 대파와 히오레가 조리되는 동안 딸기 6개를 1cm 정도로 깍둑썰기해서 1큰술 정도의 설탕에 절여주세요. 딸기가 달다면 설탕을 줄여도 좋아요. 프랑스에서는 봄에 나오는 딸기가 너무 싱거워서, 딸기를 설탕에 절여 생크림과 곁들인 디저트를 자주 먹거든요.

그동안 쌀이 잘 익었다면 불을 끄고 유리컵에 1인분씩 담은 후 냉장고에서 1시간 이상 식혀주세요. 너무 얇지 않으면서 투명하고 예쁜 잔이 있다면 활용할 기회입니다! 유리컵에 히오레를 담고 위에는 과일을 올려서 예쁜 칵테일처럼 내어도 좋고, 수프 그릇 같은 넓적한 접시에 리소토처럼 담아서 과일로 장식하듯 덮어줘도 보기 좋아요.

히오레는 딸기뿐 아니라 블루베리나 키위, 바나나 등 대부분의 과일과 잘 어울려요. 디저트가 너무 무거운 게 싫다면 히오레의 양을 반으로 줄이고 과일의 양을 늘리면 균형이 잘 맞을 겁니다(저도 무척 좋아하는 디저트지만 먹고 나면 배가 부르더라고요).

마지막으로 본식인 아시 파르망티에를 만들게요. 먼저 오븐이나 에어프라이어를 270도로 예열해주세요(최대 온도가 200도라면 그 정도도 괜찮아요). 대파를 삶았던 그 냄비에 큼직큼직하게(작은 달걀 크기 정도로) 썬 감자 0.5kg을 물에 넣고 중불에서 삶아주세요. 그동안 다른 냄비나 프라이팬에 버터를 10g(또는 올리브유 1큰술) 정도 넣은 다음 양파 1/2개, 마늘 1쪽도 다져 넣고 1분쯤 볶아주세요. 그다음으로는 간고기 150g과 소금, 후추를 넣고 약 5분간 더 볶아줍니다. 이때 간고기는 쇠고기나 돼지고기 어느 쪽이든 괜찮고, 고기 대신 으깬 두부를 넣어도 좋아요.

이제 감자가 다 삶아졌을 거예요(칼이나 젓가락으로 쉽게 찌를 수 있으면 됩니다). 삶은 물을 버린 후 프레서나 포크 등으로 감자를 최대한 곱게 으깨세요(뜨거울 때 으깨야 부드러워요). 다 으깨고 나면 여기에 우유(두유) 1/3컵(7큰술)과 버터 20g (또는 올리브유 2큰술), 소금과 후추를 넣고 섞어주세요(간을 살짝 세게 해주세요). 이제 그라탕 용기(오븐이나 에어프라이어에 넣을 수 있는 넓고 깊은 용기면 좋아요) 바닥에 간고기(두부) 볶음을 펴 담은 다음, 그 위를 으깬 감자로 덮으세요. 감자를 평평하게 잘 펴준 후 여기에 빵가루 2큰술과 녹인 버터(올리브유 1큰술을 넣어도 좋고, 생략해도 무방해요)를 10g 정도 뿌려주세요. 오븐(에어프라이어)에 그대로 넣고 약 15분간(200도라면 20분) 구워주세요.

본식은 뜨거울 때 먹어야 하니 식사하기 1시간 전에 요리하거나, 오븐(에어프라이어)에 굽기 직전의 단계까지만 미리 만들어두었다가 전식을 먹는 동안 구워도 딱 좋아요.

이 음식들은 하나하나가 특출 나게 맛있거나 예쁜 건 아니지만 한 가지 공통적인 특징이 있어요. 프랑스 가정의 푸근한 맛이 난다는 거예요.

좀 더 플레이팅에 욕심을 낸다면, 식용 꽃이나 생허브 잎 등을 잘 준비해두었다가 올리기만 해도 접시를 빛나게 할 수 있어요. 그럼 손님들은 예쁜 접시에 기분이 좋아지고, 즐겁게 대화를 나눈 기억을 품고 집으로 돌아갈 수 있어요. 사연을 보낸 분도 그런 여유 있고 빛나는 식사 시간을 보냈으려나요?

From.

간편한 비건 요리를 찾아요

"비건 요리에 관심이 생겨서
이것저것 해보고 싶은데
집에서 따라 할 만한 레시피를
찾기 어려워요."

To.

대수롭지 않게 하는 채식

가지 무사카

비건 요리를 시도해보고 싶은데 재료나 레시피부터 어렵게 느껴진다는 분이 많은 것 같아요. 캐슈너트를을 갈아 치즈를 만들고, 생전 사본 적도 없는 코코넛 오일을 넣어야 맛이 난다고 하니까요. 그렇다고 완제품(대체육이나 비건 치즈)를 사려니 비싼 값이 부담스럽고 말이죠.

어느 날 비건 요리에 대한 고민을 담은 사연을 받았습니다. 직업상 자주 해외로 나가면서 자연스레 채식에 관심이 생겼는데 마땅한 재료나 레시피를 쉽게 찾을 수 없어서 고민이라는 분이었어요.

저도 처음 비건을 접했을 때, 제일 먼저 든 생각이 '요리하려면 돈도 많이 들고 번거롭겠다'였습니다. 텔레비전의 요리 프로그램이나 호기심에 들춰본 요리책에서 비건 요리를 가끔 접했는데, '저렇게까지 해야 하나' 싶을 만큼 어렵게 느껴졌어요. 마트의 유기농 채소 코너를 슬쩍 둘러보면 평소에 사 먹는 치즈나 고기에 비해 두 배나 비싸서 혀를 내두르기도 했고요. 식비가 넉넉하지도 않고 부지런하지도 않으니 비건이 되는 건 당장은 힘들겠다고 미래로 미뤄두었습니다.

그러다가 비건을 지향하는 한 독일인 친구를 만났습니다. 어느 날 남편이 집에 친구 커플을 며칠 초대하고 싶다고 했죠. 그러면서 친구의 여자 친구인 밀라가 비건을 지향하는 채식주의자라고 알려줬습니다. 지인 중에 비건은 밀라가 처음이었어요. 전 너무 당황해서 한 번도 본 적 없는 밀라가 야속할 만큼 식사 시간이 다가오는 게 두려웠습니다. 다행히 밀라가 자신이 요리를 좋아하니 함께 음식을 준비하자고 먼저 제안해줘서 조금은 안심했어요.

그날 오후 친구 커플은 '혹시 가지 좋아해?'라고 문자를 보내왔습니다. 없어서 못 먹을 정도로 좋아한다고 했더니 가지를 잔뜩 사 들고 오더라고요. 밀라와 함께 주방으로 들어가는데 어디서부터 뭘 해야 할지 도무지 감이 잡히지 않았습니다. 평소엔 가지로 라자냐를 만드는 걸 좋아하는데, 라자냐에 흔히 들어가는 버터와 우유, 간고기를 쓸 수 없으니까요. 그 얘기를 했더니 뭐 그런 걸로 걱정을 하냐고 밀라가 웃었습니다. "건조 라자냐 면은 의외로 달걀이 들어가지 않은 제품이 대부분이야. 버터는 올리브유로, 우유는 두유로, 간고기는 두부로 대체하면 되는걸." 그러더니 근처의 마트에 가서 재료를 사와서는 척척 요리를 해내는 거 있죠?

밀라는 부담스럽지 않은 가격대의 재료를 사와서는 일반 요리와 별다를 것 없는 간편한 과정을 거쳐 맛있는 음식을 만들었습니다. '대수롭지 않게' 비건 요리를 하던 밀라 덕분에 비건에 대한 편견이 확 깨졌어요. 그리고 그날 이후 얼마 지나지 않아 저도 비건이 되었습니다. 2년 정도가 지난 지금도 흔한 식재료들을 바꿔가며 편하게 요리합니다. 밀라와의 잊지 못할 기억을 떠올리며 답장을 썼습니다. 사연을 보내온 분도 밀라처럼 집에서 부담 없이 비건 요리를 할 수 있기를 바라면서요.

제가 추천한 음식은 바로 '가지 무사카'였습니다. 무사카는 가지와 토마토 소스, 간고기 등을 층층이 쌓아 만드는 그리스의 전통 음식으로 라자냐와 비슷해요. 그리스뿐만 아니라 발칸반도 전 지역과 터키에서도 먹죠. 사연을 보낸 분은 가지를 좋아하지만 구운 가지는 알러지 때문에 맛을 못 느낀다고 했는데, 이 무사카는 가지를 굽는 대신 쪄서 만들 수도 있기 때문에 딱일 것 같았습니다.

무사카는 원래 간소고기 또는 간양고기를 넣어 만드는 향이 강하고 기름진 음식이에요. 그런데 찐 가지가 워낙 향긋하기 때문에 고기를 두부로 대체해도 충분히 맛있어요.

재료는 1인분 기준이에요. 가지 500g(한국 가지로는 2개 정도예요), 굵은 소금, 두부 1/2모(200g)를 준비하세요.

음식에 올릴 소스로는 베샤멜 소스와 토마토 소스가 있는데, 이 두 소스도 직접 만드는 법을 알려드릴게요. 베샤 멜소스의 재료로는 밀가루 1큰술, 두유(또는 채수) 1과 1/2컵(300ml), 올리브유 2큰술, 소금, 후추, 넛맥(육두구) 가루를 준비해주세요. 토마토 소스의 재료로는 토마토 4~5개(500g), 올리브유 1큰술, 마늘 1쪽, 부케 가르니 1개(부케 가르니를 만드는 방법은 책 35쪽을 참조하세요), 양파 1/2개, 설탕 1큰술, 베이킹소다 1꼬집과 소금, 후추가 필요합니다. 재료 중에서 넛맥 가루, 부케 가르니, 베이킹소다는 없어도 좋습니다(다만 넛맥 가루는 밀가루나 크림 소스, 감자가 들어가는 요리에 살짝 넣으면 맛을 훨씬 끌어올려 줘요. 이런 음식들을 좋아한다면 구매하는 걸 추천해요).

우선 오븐을 180도로 예열해주세요(에어프라이어로도 가능해요. 대신 에어프라이어의 크기가 오븐보다 작으니 재료의 양을 조금 줄여야 합니다). 껍질을 벗긴 가지를 세로로 길고 얇게 썬 다음 굵은 소금을 뿌려 30분간 절이세요(굵은 소금 대신 일반 소금을 살짝 뿌리고 10분만 절여도 좋습니다).

가지를 절이는 동안 토마토 소스를 만듭니다. 토마토는 꼭지를 떼어내고 등에 십자 칼집을 내준 다음 뜨거운 물(이 물은 버리지 마세요!)에 10초간 담그고, 찬물(얼음물 추천)

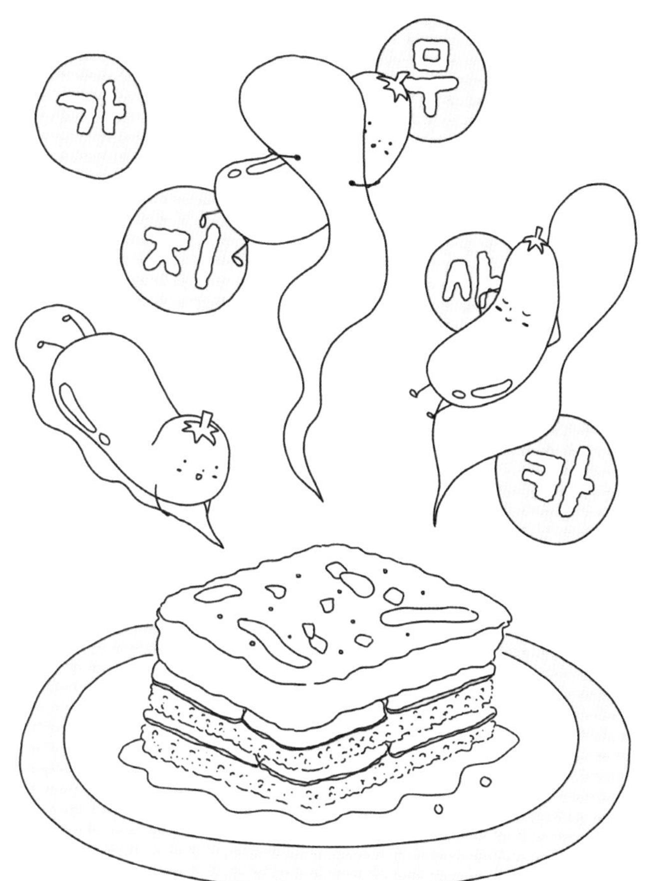
가
무
지
사
카

에서 식히세요. 식힌 토마토의 껍질을 벗기고 깍둑썰기를 해주세요. 양파와 마늘은 다지고, 두부는 잘게 으깹니다(간고기처럼요).

절인 가지를 물에 헹군 다음 20분간 찝니다(이때 토마토를 데쳤던 뜨거운 물을 쓰면 좋아요). 그동안 프라이팬에 올리브유를 두르고 다진 양파와 마늘을 먼저 볶습니다. 여기에 깍둑썰기를 한 토마토와 설탕, 베이킹소다, 소금과 후추를 넣고 2분 정도 끓인 다음 믹서기에 갈아주세요(믹서기가 없으면 생략해도 되는데, 대신 양파와 토마토를 처음부터 잘게 썰어주세요). 간 재료를 프라이팬에 다시 붓고 으깬 두부와 부케 가르니를 넣은 다음 뚜껑을 덮지 않고 약불에서 30분간 졸입니다(이때 살짝 맛을 보고 신맛이 강하다면 설탕을 조금 더 넣으세요).

토마토 소스를 졸이는 동안 베샤멜 소스를 만듭니다(칼로리가 높기 때문에 양을 줄이거나 생략해도 괜찮아요). 냄비에 밀가루 1큰술과 올리브유 2큰술을 넣고 거품기로 저으면서 아이보리색이 날 때까지 중불에 끓입니다(충분히 끓이지 않으면 나중에 밀가루 냄새가 나요). 여기에 두유나 채수를 붓고 걸쭉해질 때까지 계속 저어주세요. 적당한 농도가 되었으면 불을 끄고 소금, 후추, 넛맥 가루를 조금씩 넣어 간을 맞춰줍니다.

이제 준비한 재료를 용기에 층층이 담아 구울 차례입

니다. 오븐용 그라탕 그릇(넓고 깊은 그릇이면 다 좋습니다. 에어프라이어는 크기에 맞는 전용 그라탕 그릇을 사용해주세요)에 토마토 소스 한 겹(부케 가르니는 빼주세요), 가지 한 겹, 베샤멜 소스 한 겹을 번갈아 올리는 식으로 재료들을 층층이 쌓아주세요. 맨 위엔 베샤멜 소스가 올라가면 좋습니다. 이제 용기를 오븐에 넣고 30분 정도 구우면 무사카가 완성됩니다. 뜨거울 때 빵이나 샐러드와 함께 먹으면 좋아요.

베샤멜 소스는 기름이나 밀가루의 양이 적어도 치즈처럼 구수한 맛을 내줍니다. 두유 대신 채수를 넣어 만들면 고소한 맛은 살짝 덜 나지만 좀 더 가벼운 느낌이 나요. 토마토는 홀토마토 캔 하나를 사서 써도 무방합니다. 하지만 이왕이면 생토마토로 직접 소스를 만드는 건강한 레시피를 알려드리고 싶었어요. 개인적으로는 방울토마토를 껍질만 벗겨 통째로 넣어 씹는 맛을 살리는 걸 좋아합니다.

가지 무사카가 사연을 보낸 분께 '비건 요리도 어렵지 않구나', '샐러드가 아닌 비건 요리도 할 만하구나'라는 깨달음을 주는 음식으로 가닿았기를 바라요. 그렇게 자연스럽고 즐거운 비건 요리 생활을 하는 사람이 더 많아지면 좋겠습니다.

From.

눈이 행복한
예쁜 음식을 만들고 싶어요

"정성껏 만든 음식을 SNS에
멋지게 인증하고 싶어요.
간단한 요리여도 드라마나 영화에서처럼
예쁘게 담고 싶어요."

To.

나만의 서명을 새기듯

플레이팅 기초

노력해서 만든 음식이 생각보다 볼품없어 보이는 순간엔 어쩐지 허무해집니다. 맛이 제일 중요하겠지만 그래도 기껏 만든 음식을 예쁘게 담아보고 싶은 마음은 당연한 거겠죠.

제가 프랑스 요리에 관심을 가진 계기는 사실 '플레이팅' 때문이었습니다. 어린 시절 영화나 책에 나오는 프랑스 음식은 모두 예뻤어요. 제대로 된 정통 프랑스 음식을 먹어볼 기회가 없었으니 도대체 무슨 맛인지 짐작은 할 수 없었지만, 예술 작품 같은 아름다운 요리는 정말이지 탐이 났거든요.

동네 경양식집에만 가도 아기자기하게 담긴 음식 한 접시가 그렇게 아름다워 눈을 떼지 못했는데, 외국 영화에 나오는 세련된 음식은 정말이지 이 세상 것이 아닌 것만 같았습니다. 저런 작품을 나도 만들 수 있다면 얼마나 좋을까 하는 마음이 커져서 프랑스로 유학까지 간 거예요.

파리의 요리 학교에서도 저와 비슷한 동료가 꽤 많았습니다. '난 플레이팅을 무척 중요하게 생각해'라고 대놓고 말하진 않았지만(플레이팅을 지나치게 중시하면 진정성이 없어 보인

다나요), 실제로 플레이팅을 할 때 최고의 집중력을 발휘하는 모습에서 그 마음을 충분히 읽을 수 있었죠(그러다 눈이 마주치면 서로 민망해하며 웃었죠).

처음에는 플레이팅이 참 어려웠어요. 셰프가 만든 음식 사진을 보면서 똑같이 따라하려 해도 어딘가 시들시들해 보이고, 호텔이 아닌 관광지의 허름한 레스토랑 느낌이 나더라고요. 학교에서 눈과 손으로 익히는 날이 늘어나고, 집에서도 계속 연습하고, 레스토랑에서도 야단을 맞아가며 이리저리 시도를 많이 해본 후 이젠 약간의 요령이 생겼습니다.

그중 몇 가지 포인트를 꼽자면 다음과 같아요.

1. 많이 담지 않는다

황당하게 들릴지도 모르겠지만, 적게 담으면 더 예뻐 보입니다. 예뻐 보이게 담고 싶은데 양이 많다면 더 큰 그릇에 담거나 2개의 그릇에 나눠 담으면 됩니다.

2. 높이 세운다

최대한 세웁니다. 푹 퍼져 있기만 한 것보다 조금이라도 살짝 솟아난 부분이 있으면 음식이 더 생기 있어 보여요. 산 모양으로 가운데를 세우거나, 띄엄띄엄 솟아난 부분을 만들거나, 비대칭으로 한쪽만 툭 세우는 것도 좋아요. 그리고 주 재료를 제일 높게 세우면 됩니다.

3. 싱싱한 허브를 활용한다

허브는 장식의 일등 공신이죠. 식용 꽃도 매우 좋은 효과를 냅니다. 대신 허브는 음식과 어울리는 맛이나 향이 나는 것으로 골라야 먹을 때 걷어내는 수고를 덜 수 있어요(개인적으로 접시 위에는 먹을 수 있는 것만 올리자는 주의예요).

그리고 꼭 싱싱한 상태여야 해요. 축 늘어진 허브는 오히려 접시 전체의 생동감을 떨어뜨려 역효과가 나거든요(차라리 올리지 않는 게 낫죠).

4. 질감의 균형을 맞춘다

단단한 식감의 재료로 만든 음식이라면, 주변을 으깬 채소나 소스 등의 부드러운 재료로 장식해 균형을 맞추세요. 만약 수프처럼 부드러운 음식이라면 단단한 질감의 채소를 얹어 장식하고요. 그리고 이 두 가지의 질감을 섞기보다는 뚜렷하게 분리하면 좋아요(옆에 두더라도 높이나 색감을 대비하는 방식으로).

5. 색감을 신경 쓴다

평소 꽤 중요하게 생각하는 부분이에요. 애초에 요리

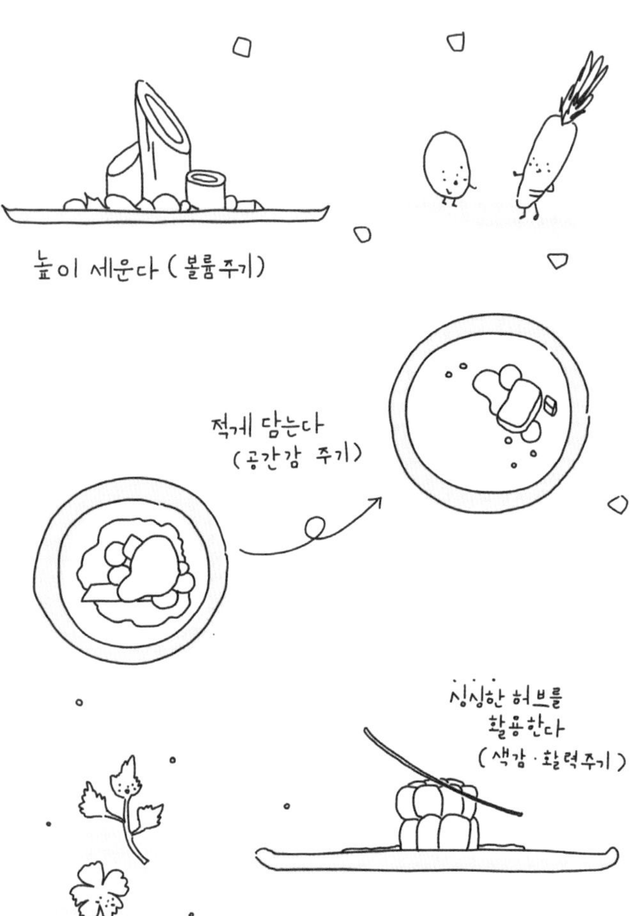
높이 세운다 (볼륨주기)
적게 담는다
(공간감 주기)
싱싱한 허브를
활용한다
(색감 · 활력주기)

할 때 색감이 잘 어울릴 것 같은 재료를 우선하는 거죠. 샛노란 단호박엔 익혀도 초록이 쨍하게 남는 시금치를 대비하면 예쁘겠다, 오늘은 하얀 콜리플라워 퓌레가 메인이니 핑크 비트를 곁들이면 색감이 살아나겠다, 이런 식으로요.

6. 가진 도구를 잘 활용한다

레스토랑에서나 요리 학교에선 플레이팅용 도구들을 꽤 자주 사용했어요. 둥글거나 각진 틀을 접시에 놓고 만든 다음 틀을 빼면 음식의 모양이 깔끔하게 다듬어졌거든요. 소스를 깔끔하게 뿌리는 숟가락을 쓰기도 했고요(심지어 실험실에서나 쓸 법한 스포이드를 가지고 다니는 동료도 있었죠). 그런데 정말 플레이팅을 전문적으로 하고 싶은 사람이 아니라면 굳이 이런 도구들을 구비할 필요는 없어요. 있더라도 매일 쓰진 않거든요. 그냥 주변에 있는 밥그릇, 숟가락 2개(크넬을 만들 수 있어요), 감자칼 등만 잘 이용해도 충분히 다른 분위기를 낼 수 있어요.

7. 알맞은 접시를 찾는다

보통 접시를 고를 때 실수를 많이 하는 것 같아요. 접시가 화려하고 예쁠수록 플레이팅이 잘될 것 같지만, 아닙니다. 화려한 접시에 어울리는 요리도 있지만 보통은 심플한 접시일수록 플레이팅하기가 쉬워요. 다양한 접시를 구입할 여력도 보관할 자리도 없다면, 크고 납작한 흰 접시 1~2개만 있으면 됩니다. 이걸 꼭 기억해주세요. 지름이 최소 25cm이고, 테두리 부분이 너무 넓지 않으며, 안쪽이 오목하게 내려가지 않아야 해요.

수프나 파스타를 즐겨 먹는다면 오목한 파스타용 접시를, 화려한 메인 요리를 놓고 싶다면 커다란 타원형 그릇을 쓰면 좋죠. 이렇게 사각형이나 타원형도 예쁘고 활용도가 좋지만, 딱 하나만 고른다면 무조건 흰색 둥근 접시를 고르세요.

그리고 전식, 본식, 후식용 접시들을 묶어 파는 세트 상품은 피하는 게 좋아요. 전식을 수프로 먹을 때가 생각보다 많지 않고, 후식은 양이 적어도 큰 접시에 담는 게 더 예쁘거든요. 차라리 흰 접시 하나를 코스 식사 도중에 설거지해서 다시 쓰는 게 더 활용도가 좋습니다.

지금도 플레이팅을 하는 순간엔 늘 긴장합니다. 숨을 잠시 멈추고 손끝에 온 신경을 집중하죠. 전 그 순간이 무척 좋습니다. 모든 일엔 마무리를 잘 짓는 것이 중요하잖아요. 캔버스 위에 마지막 서명을 하듯 집중해서 손을 움직이고

떼는 순간이 제겐 무척 소중합니다. 매일 자신의 작품에 서명을 할 수 있고 뿌듯한 마무리를 할 수 있는 일. 요리는 참 멋진 일이에요.

From.

냉장고는 가득 차 있는데 먹을 게 없어요

"혼자 사는데 집에서 요리하면
오히려 식비가 더 많이 들어요.
버리는 것도 많아서 처리하기 힘들고요.
며칠 바빠 챙겨 먹지 못한 뒤엔
냉장고 문을 열기가 겁나요."

To.

배달 음식의 유혹을 이기는

냉장고 지도 그리기

냉장고에 막상 먹을 만한 건 없고 버리는 식재료가 많다는 사연을 읽으니, 비슷한 고민을 했던 저의 지난날이 떠올랐어요.

프랑스에 막 살기 시작할 무렵 제 냉장고의 크기는 굉장히 작았습니다. 기숙사와 자취방에 있던 냉장고는 100L도 안 될 정도였죠. 프랑스 사람들은 무척 검소한데, 냉장고의 크기를 보면 그런 특징이 잘 드러나는 것 같아요. 일반 가정집에서도 양문형 냉장고를 찾아보기 힘들거든요. 프랑스 사람들은 냉장고나 텔레비전 등의 가전에 큰돈을 투자하는 걸 꺼리는 편이어서(신혼 가전도 쓰던 걸 그대로 가져오는 사람이 많아요. 거리엔 새 차보다 오래된 중고차가 훨씬 많고, 신용카드의 존재조차 모르고 살아가는 사람도 많고요), 식구가 늘어나도 냉장고 크기는 그대로인 집을 자주 봤어요(대신 창고에 냉동고를 하나 들이는 추세이긴 합니다).

그러다가 몇 년 후, 남편과 함께 살면서 350L짜리 일자형 냉장고를 하나 선물 받았어요. 그런데 이때부터 문제가 생기기 시작합니다. 1인 가구에서 2인 가구가 되었고, 요리 학교에서 요리를 배운 후였고, 도시 외곽의 대형 마트에서 한가득 장을 봐올 수 있는 차도 생기자 냉장고의 생태계가 완전히 달라져버렸어요.

언제 채우나 싶을 만큼 광활했던 하얀 냉장고가 자리가 부족할 만큼 속을 불려갔습니다. 그러면서 하나둘 잊히는 식자재들과 공간이 생기는 거예요. 공포의 검은 봉지가 가득해졌고, 오래되어 하얗게 변해서 봉지만 봐선 그 안에 뭐가 들었는지 도저히 추측할 수 없는 냉동식품들이 서서히 자리를 차지하게 됩니다.

당시 저와 남편은 한 번 장을 볼 때 20~30만 원 가까이 썼습니다. 거의 매주 주말에 장을 보러 갔으니 얼마 되지 않는 월급이 식비로 상당 부분 빠져나갔죠. 문제는 이렇게 많은 식비를 써서 큰 냉장고를 가득 채우는데도 '오늘도 먹을 게 없군' 하는 생각이 항상 들었다는 거예요. 옷장을 열었을 때 입을 옷이 없다고 한탄하듯 냉장고 앞에서 한숨을 쉬고 있는 제가 낯설었어요(왜 무엇이든 옷장이나 냉장고에 들어가는 순간 가치가 확 떨어져 보이는 걸까요?).

생각해보면, 작은 냉장고로 살았을 땐 남은 식자재를 모두 또렷이 기억하고 있었어요. 설령 깜빡했더라도 재료를 한눈에 파악하기 쉬웠으니 요리할 음식도 쉽게 정할 수 있었죠. 그런데 커다란 냉장고를 쓰면서부터 식자재가 너무 많아져서 오히려 혼란을 가져다준 거예요. 선택지가 너무 많아져버린 거죠. 그렇다고 냉장고를 냅다 갖다 버릴 수도 없고, 다양하게 마음껏 사던 쇼핑 습관을 바로 고칠 수도 없는 노릇이었어요. 그래서 찾아낸 방법이 바로 '냉장고 지도 그리기'였습니다.

한참 '냉장고 파먹기'가 한국에서 유행하던 때였어요. 저도 한번 해보자 싶어서 일단 작은 메모지 하나를 펼쳐 냉장고의 식재료를 하나하나 적었습니다. 그런데 예상보다 어마어마한 양에 깜짝 놀랐어요. 메모지를 찢어서 버리고, 훨씬 큰 A4용지를 꺼내 다시 적었습니다.

특히 유통기한이 얼마 남지 않았거나 빨리 먹으면 좋은 채소들은 동그라미를 쳐서 바로 눈에 들어오게 했습니다. 그리고 사흘이나 일주일 정도의 식단을 간략하게 적을 칸도 비워두었어요. 식단은 갑자기 외식을 하거나 다른 음식이 먹고 싶어질 수 있으니 빡빡하게 짜지는 않았어요. 이번 주 안에 먹지 않으면 버려야 할 재료들로 만드는 식단을 몇 가지 적어두니 확실히 도움이 되었습니다.

놀라웠던 건, 이번 주 안으로 다 먹어야 하는 재료들로만 식단을 짰는데도 일주일이 아니라 한 달 가까이 먹을 양이 나왔다는 거였어요(온 동네 사람을 초대해도 될 양이었어요). 종이 위에 수많은 동그라미를 치며 반성했어요.

냉장고 지도를 그린 후에는 장을 보는 습관이 달라졌어요. 이전엔 '먹고 싶은 메뉴를 정한다 → 메뉴에 필요한 재료를 살핀다 → 그 재료들을 사러 마트에 간다 → 장을 보면서 맛있어 보이는 다른 재료들도 더 산다'라는 순서가 습관이었거든요. 사실 평소에는 이마저도 잘 하지 않았어요. 장 볼 목록도 만들지 않은 채 그냥 가서 즉흥적으로 먹고 싶은 것을 골랐어요. 그러고 나서도 집에 와서는 '오늘 뭐 먹지?' 하고 고민만 했죠.

이젠 '냉장고 지도를 본다 → 남아 있는 재료를 응용할 수 있는 메뉴를 정한다 → 모자라는 재료들을 산다'로 장을 볼 준비를 하는 순서가 간략하게 바뀌었습니다. 물론 마트나 시장에 가서 싱싱하고 저렴한 제철 채소를 보면 예정에 없던 소비를 하기도 합니다. 그래도 약 4~5일 치의 식단을 미리 정해두었기 때문에 이 정도의 여유는 기분 좋게 부릴 수 있어요.

가장 많이 달라진 건 식비와 음식물 쓰레기의 양이겠네요. 매주 주말에 장을 보는 건 똑같지만 한 번 볼 때 10만 원을 넘기는 일이 없었고, 식비가 줄어드니 남은 돈으로 가끔 외식을 할 여유도 생겼어요. 가끔 냉장고 청소를 할 때마다 20L 쓰레기봉투가 가득 찼던 예전과는 비교할 수 없었어요. 냉장고 대청소를 했는데 버려야 할 식자재가 단 하나도

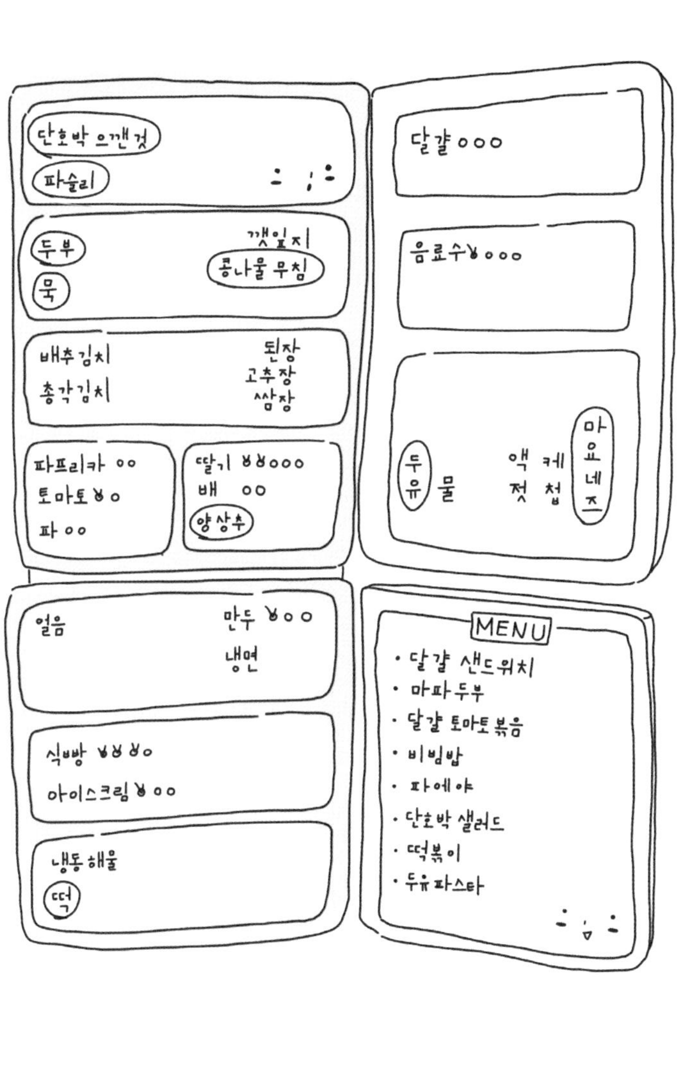

단호박 으깬 것
파슬리
깻잎지
두부
콩나물 무침
묵
배추김치
된장
고추장
총각김치
쌈장
파프리카
토마토
파
딸기
배
양상추
달걀
음료수
두유
물
액젓
케첩
마요네즈
얼음
만두
냉면
식빵
아이스크림
냉동 해물
떡
MENU
· 달걀 샌드위치
· 마파두부
· 달걀 토마토 볶음
· 비빔밥
· 파에야
· 단호박 샐러드
· 떡볶이
· 두유 파스타

나오지 않아 뿌듯한 날도 있었어요.

냉장고 지도를 한번 그려보면 '이렇게 많은 식자재가 숨어 있었다니' 하고 놀라게 될 거예요. 평소 자주 먹는 재료가 무엇인지, 자주 버리는 채소는 무엇인지가 한눈에 파악되어서 식단이나 장볼 목록을 작성할 때도 도움이 됩니다.

특히 요리할 시간이 부족한 분들은 냉장고 지도를 그려두면 메뉴를 정하는 데 시간이 훨씬 줄어들어서 좋아요. 요즘은 냉장고의 식재료를 기록하는 앱도 잘 나와 있으니 이를 이용해 미리 정리해두는 것도 좋아요. 퇴근길에 잠깐 앱을 켜서 저녁 메뉴를 미리 정한 다음 부족한 재료를 사서 들어갈 수도 있고요. 집에 들어서자마자 고민할 필요도 없이 냉장고 문을 열고 바로 필요한 재료를 척척 꺼내면 시간을 절약할 수 있죠. 무엇보다 귀찮음과 배달 음식의 유혹을 이겨낼 수 있고, 요리할 용기를 얻을 수 있습니다(요리할 생각으로 냉장고를 열었다가 재료와 메뉴를 고르는 것에 지레 질려서 배달 음식을 시킨 적, 다들 있잖아요).

냉장고 지도 하나가 무슨 용기까지 주냐고 웃을 수도 있겠지만, 직접 그려보면 분명 요리 습관도 태도도 시간도 달라집니다. 점점 가벼워지는 냉장고만큼이나 산뜻해지는 가계부와 쓰레기통은 정말 머릿속을 편안하게 하고 용기를

줍니다. 행복한 요리인으로 앞으로도 잘 살아갈 수 있을 것 같은 따뜻한 용기를요.

From.

계량 단위, 저만 어렵나요?

"요알못도 눈대중으로 쉽게 쉽게
따라 할 수 있는 계량법은 없을까요?"

To.

한 순갈 소복하게 뜨면

숟가락과 종이컵으로 계량하기

레시피에 생소한 계량법이 나오는 순간 머리가 지끈거린 적이 있지 않나요? 거창하게 요리할 것도 아닌데 계량스푼이나 계량컵, 저울까지 사는 건 부담스럽죠. 잘 활용할 수 있을지도 모르는데 가뜩이나 좁은 주방에서 자리만 차지하는 건 아닐까 걱정도 들고요.

이번 사연 속 고민에 무척 공감했어요. 저도 예전에 계량을 싫어했거든요. 특히 그램g도 아니고 온스ounce나 파운드pounde 같은 단위를 만나면 지금도 잠시 짜증이 밀려오곤 해요.

계량에 능숙해지는 데에는 원래 오랜 연습과 시간이 필요합니다. 프랑스의 레스토랑에서 일하던 시절 저는 저울과 계량컵을 항상 옆에 끼고 살았어요. 계획해둔 레시피와 항상 같은 맛을 내는 게 중요했으니까요. 그렇게 저울을 매일 수십 번 쓰다 보니 계량을 몸에 완전히 익힐 수 있었어요.

그런데 집에서 저를 위한 요리를 할 땐 이런 계량 도구를 자주 쓰지 않아요. 베이킹을 할 때를 빼고는요(베이킹을 좋아한다면 반드시 저울을 가지고 있어야 합니다. 겨우 5g 들어가는 이스트를 잘못 넣고 쉰내 나는 빵을 만드는 실험을 해보고 싶은 분이 아니라면 말이죠). 손에 익은 도구로 최대한 빠르게 계량하는 게 더 편하거든요.

집에서 부담 없이 요리하는 습관을 만들려면 요리 과정이 짧고 간단하고 단순해야 합니다. 그리고 습관을 들여야 더 어렵고 복잡한 요리도 해보고 싶은 욕심이 생기죠. 이때 계량이 쉽다면 요리가 훨씬 편해지겠죠? 요리 과정을 단순하게 만드는 방법 중 하나가 바로 계량에 익숙해지는 것입니다.

우선 집에 있는 숟가락으로 적은 양을 계량하는 법입니다. 흔히 쓰는 밥숟가락 있죠? 거기에 액체를 담으면 10ml, 가루를 소복하게 쌓아 담으면 10g라고 생각하면 됩니다. 찻숟가락에 올리는 양은 이것의 3분의 1 정도가 되어요. 베이킹 말고는 일반 요리를 할 때 재료가 10g씩 적게 들어가는 경우는 거의 없으니 이렇게만 알아두어도 괜찮아요.

밥숟가락보다 많은 양은 종이컵으로 계량하면 좋아요. 액체를 종이컵 하나 가득 담으면 200ml이고, 가루를 가득 담으면 150g 정도라고 보면 됩니다.

주의할 점은, 액체나 가루의 종류에 따라 부피 대비 무게가 달라진다는 거예요. 그래서 이 계량법이 절대 정확한 방법은 아닙니다. 특히 가루는 종류에 따라 차이가 많이 나기 때문에 많은 양을 계량해야 할 땐 주의해야 해요(굵은 고춧가루 1컵과 고운 설탕 1컵은 무게가 두 배나 차이가 나거든요).

이렇게 간단히 계량을 하며 요리를 자주 하다 보면 어느새 감이 올 거예요. '아, 고춧가루는 가벼우니까 숟가락 가득 쌓아야 10g이겠구나', '밀가루는 비교적 가벼운 편이니까 종이컵 하나를 살짝 넘치도록 채워야 200g 정도가 되겠네' 하는 식으로 말이죠. 완전히 익숙해지면 레시피에 적힌 용량이 머릿속에서 '이건 몇 숟갈, 이건 몇 컵' 하는 식으로 빠르게 전환되는 경지에 이르게 되죠.

이 밖에도 자주 쓰는 재료의 용량이 얼마인지 대략 알아두는 것도 무척 도움이 됩니다.

달걀 흰자 = 30g, 달걀 노른자 = 20g
마늘 1쪽 = 5g
양파 1개 = 100g
큰 달걀만한 감자 1개 = 150g
애호박 1개 = 300g

와인 한 병이 몇 ml인지, 우유나 두유 한 팩이 얼마큼의 용량인지 등을 알아두면 장을 볼 때도 쉬워집니다. 예를 들어 레시피에서 와인 1L가 필요하다고 했을 때, 와인 병의 용량이 보통 750ml라는 게 머릿속에 이미 저장되어 있으면 '두 병 사야겠네'라고 바로 계산할 수 있죠. 감자 2kg이 담긴 봉지를 보고 굳이 개수를 일일이 세지 않고서도 '그럼 13개 정도 들었겠구나' 하고 예상할 수 있어요. 하루에 혼자 2개 정도 먹는다고 하면 '일주일 동안 먹을 수 있는 양이구나' 하고 가늠할 수도 있죠.

물론 요리책에 나온 레시피의 맛을 정확히 재현하고 싶다면 계량 도구를 구비하길 권해요(전자 저울이 가장 정확합니다). 다만 계량하느라 시간을 지체하는 것이 싫고 맛이 조금 달라지더라도 빠르고 편하게 툭툭 요리하고 싶다면 이 계량법을 활용하면 좋아요.

숟가락 계량법의 장점이 한 가지 더 있습니다. 바로 어느 장소에서도 평소처럼 요리할 수 있다는 거예요. 놀러 간 친구의 집에서 쓱쓱 빠르게 요리해서 친구를 기쁘게 해주고 싶은데 계량 도구가 없을 때, 애인과 함께 놀러 간 캠핑장에서 요리를 선보이고 싶은데 기본 식기만 준비되어 있을 때 당황할 필요가 없어요. 그때 어느 주방에나 다 있는 숟가락 하나로 평소처럼 술술 요리할 수 있다는 게 이 야매(?) 계량법의 좋은 점이기도 해요.

정석으로 요리를 공부한 사람으로서 이런 계량법을 알려드리는 건 조금 조심스러운 일이었어요. 그러나 복잡한 계량법이 행복한 요리를 방해하는 요소라면 어떻게든 이 부분부터 해결해드리고 싶었습니다. 피곤한 몸을 일으켜 주방으로 향하는 분 모두에게 이 시간이 만만하면 좋겠습니다. 이 계량법이 그 시간을 어렵지 않게 해주리라 믿고요.

CHAPTER

3

내 손으로 완성하는 낭만과 우아함

From.

색다른 맛의 샐러드를 만들고 싶어요

"시판 소스만으로는

늘 비슷한 샐러드만 만들게 되더라고요.

색다른 맛의 샐러드를 만들 방법은

없을지 궁금해요."

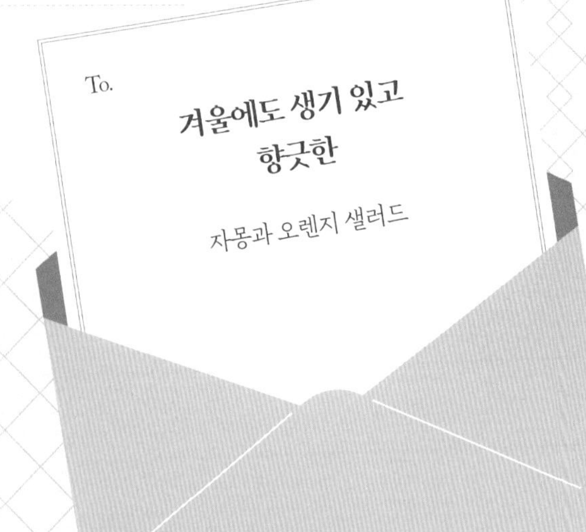

식탁에 상큼한 샐러드 하나는 있었으면 좋겠는데, 늘 똑같은 양상추에 시판 소스만 얹으면 어느새 지겨워지죠. 토마토에 모차렐라 치즈를 얹은 카프레제도 이제는 식상해지는 것 같고……. 특히 겨울엔 채소가 대부분 제철이 아니기 때문에 비싸기도 하고, 맛도 풍부하지 않아서 샐러드의 맛이 조금 밍밍한 편이에요.

먹는 것을 진심으로 사랑하는 저는 겨울이 항상 싫었습니다. 겨울에 마트의 채소 코너에 가면 입이 비쭉 나왔죠. 토마토나 애호박 등 여름 채소도 사시사철 살 수는 있지만 제철일 때의 향기로움은 내지 못하니까요. 토마토에선 물맛이 나고 애호박은 금세 물러버리고, 가지는 껍질째 만져도 푹신푹신할 정도예요.

제가 처음 프랑스에 도착하고 몇 달쯤 지났을 때일 거예요. 이민 가방에 넣어 소중히 가져온 김치가 동이 나버렸는데, 동네 아시안 마트에서 파는 김치는 어마어마하게 비쌌어요. 그래서 김치를 조금 담가보자 싶어서 레시피를 찾아보니 오이소박이가 꽤 만들기 간단해 보이는 거예요. 그때가 늦가을 즈음이었어요. 제철 재료엔 별로 관심이 없어서 오이가 여름 채소인지도 몰랐을 때였습니다. 마트에 항상 널려 있었던 오이를 별 생각 없이 한 봉지나 샀습니다. 3평 남짓한 작은 기숙사 방에 쪼그려 앉아서 오이를 갈라 굵은 소금에 절이고, 소를 만들어 오이 안에 꼭꼭 채워 넣었습니다. 무척 작은 방에서 오이와 이리저리 씨름하느라 힘들었지만 그래도 곧 김치를 먹을 수 있다는 생각에 무척 들떴죠.

김치는 조금 익혔다가 먹어야 한다고 생각해서, 한 일주일 정도 냉장고에 뒀어요. 그리고 드디어 개봉하는 날이 다가왔습니다. 친한 언니 두 명을 초대해 라면을 끓이고 직접 만든 오이소박이를 기세등등하게 짠 하고 꺼냈죠. 그런데 그 통 안에서 모습을 드러낸 건 빨간 오이 수프였습니다.

프랑스의 오이는 원래 한국 오이보다 물이 많고 무릅니다. 제철 오이도 약간 무른데 늦가을의 오이를 써서 소박이를 만들었으니 일주일 만에 완전히 녹아버릴 수밖에요. 그때의 허탈함은 정말 말로 표현하기 힘들 만큼 컸어요(한동안 오이는 쳐다도 보기 싫을 정도로요……).

제철이 아닌 재료를 샀다가 기대한 맛의 요리를 못해 낭패를 본 일이 오이소박이를 만들었을 때 말고도 더러 있었어요. 특히 겨울엔 샐러드를 포기해야 하나 싶을 만큼 생채소들이 다 맛이 없어 보였습니다. 푸른 잎 채소들은 있더라도 너무 커서 생으로 먹기보단 익혀 먹어야 하는 경우가 많았어요. 대신 호박이 많이 나오니 단호박 샐러드나 감자 샐러드를 만들 수는 있었지만, 뭔가 식탁을 환하고 상큼하게 밝혀줄 만한 싱싱한 샐러드가 없어 참 아쉬웠습니다.

그런데 겨울 식탁의 풍경을 완전히 바꿔줄 재료들을 발견했어요. 아니, 이미 알고 있던 재료인데 다른 방법으로 바라볼 생각을 하지 못했던 것이죠. 바로 오렌지, 자몽, 귤, 레몬, 라임이에요. 전 귤 말고는 이런 금귤류를 잘 먹지 않았어요. 보통 식사 뒤에 쉬면서 과일 하나를 집어 먹는데, 이런 과일들은 까는 게 너무 불편했거든요. 게다가 입안에 남는 속껍질도 마음에 들지 않았고요.

그런데 레스토랑에서 이 과일들로 샐러드를 만드는 거예요! 씨와 속껍질을 분리하는 칼질만 제대로 몇 번 하면 속살만 영롱하게 촤르르 놓인 과일 샐러드 한 접시를 만들 수 있다니. 겨울에도 제철 재료로 이렇게 아름다운 색상의 샐러드 한 접시가 나올 수 있다니! 올리브유와 소금, 후추, 쪽파만 살짝 올린 자몽 샐러드는 금귤류 샐러드를 먹지 않고 보냈던 지난겨울이 후회스러울 만큼 향긋하고 부드러웠습니다.

우신 1인당 2주먹 정도의 금귤류 과일을 준비해주세요(자

자몽 카르파치오
Carpaccio de pamplemousse

몽이라면 1개, 오렌지는 2개, 귤은 3개, 귤과 라임을 섞는다면 4개 정도가 적당해요). 소스는 올리브유 2큰술과 소금 1꼬집, 후추 조금, 다진 생허브(파슬리나 바질이 좋은데, 허브가 없다면 쪽파도 좋습니다) 1큰술만 있으면 됩니다.

도마 위에 오렌지를 놓고, 제사상에 올리는 과일을 손질하듯이 아래위를 잘라주세요(자르는 방식은 책 140~141쪽의 그림을 참조해주세요). 그리고 아랫부분을 도마에 닿게 놓은 후 옆면을 칼로 둥글게 하나씩 썰어줍니다(속살이 나올 때까지요). 이제 오렌지를 옆으로 눕혀 한 손으로 잘 잡고, 다른 한 손에 쥔 칼로 속껍질과 속살의 경계선에 칼집을 넣어 그대로 칼로 속살을 밀어 빼내줍니다. 또는 칼집을 경계선 양쪽으로 넣어 쉽게 빼내도 됩니다(대신 즙이 더 많이 빠져요). 칼 대신 손으로 속살을 빼내도 상관은 없어요. 하지만 속껍질이 너무 얇은 과일이라면 손으로만 속살을 분리하기 어려울 수 있습니다. 그러니 칼로 손질하는 법을 연습해두면 꽤 유용합니다.

이 과정이 너무 어렵게 느껴진다면, 겉껍질만 벗겨낸 다음 속껍질은 그대로 두고 가로로 얇게 저민 '카르파치오' 방식으로 잘라도 좋습니다. 속껍질이 씹히는 게 불편하지 않다면 이 방식으로 썰어주세요.

이제 크고 평평한 접시에 속살들(또는 카르파치오)을 편쳐주세요. 올리브유와 소금, 후추, 다진 생허브를 뿌려 먹으면 됩니다(발사믹 식초가 집에 있으면 1/2큰술 정도 뿌려도 좋아요!). 허브도 쪽파도 없다면 약간의 대파나 양파를 아주 얇게 썰어 곁들여도 좋습니다.

겨울이 제철인 향긋한 귤, 오렌지, 천혜향, 자몽, 라임……. 이런 금귤류는 그냥 먹어도 무척 맛있지만 약간의 소금과 허브, 올리브유가 더해지면 풍미가 가득 살아나서 또 다른 맛을 냅니다. 어떤 허브를 더하느냐에 따라 요리의 국적이 달라진다는 점도 재미있어요. 자몽, 라임 샐러드에 고수를 뿌려 먹으면 마치 태국 길거리의 식탁 앞에 앉은 것 같고, 오렌지 샐러드에 파슬리, 질 좋은 올리브유를 잔뜩 뿌리면 이탈리아 시칠리아에 온 것 같은 착각이 들죠.

금귤류 샐러드는 바게트를 곁들여 전식 메뉴로 먹어도 훌륭하고, 간단한 와인 안주로도 그만이에요. 그렇다고 비싼 자몽이나 천혜향을 일부러 살 필요는 없어요. 겨울에 귤이나 오렌지를 한가득 사두고(가끔 한 박스가 선물로 들어오기도 하죠) 먹다 보면 조금 질릴 때도 있잖아요. 그럴 때 이렇게 샐러드로 만들면 색다르게 과일을 즐길 수 있어서 좋아요.

이상하게 들릴지도 모르겠지만, 오렌지의 속살을 손쉽

게 칼로 빼내는 법을 처음 배웠을 때 '요리 공부를 하러 와서 다행이다'라고 어쩐지 감격해버렸습니다. 기피했던 재료의 숨겨진 가치를 간단한 기술 하나로 찾아낼 수 있다는 걸 두 눈으로 확인한 순간이었기 때문이에요. 그 순간은, 유학까지 와서 이렇게 요리를 배우는 것이 과연 의미가 있는 일인가를 고민했던 제게 잊지 못할 장면으로 남아 있어요.

때로 새로운 맛은 한 사람에게 고마운 울림을 주기도 하는 것 같아요. 겨울이라고 감동도 상쾌함도 없이 지내라는 법은 없잖아요. 이번 겨울엔 영롱한 자태의 샐러드 한 접시로 입안 가득 감동을 터트려보는 건 어떠세요?

① 위 아래
뚜껑 자르기
② 옆 껍질
조금씩 벗기기

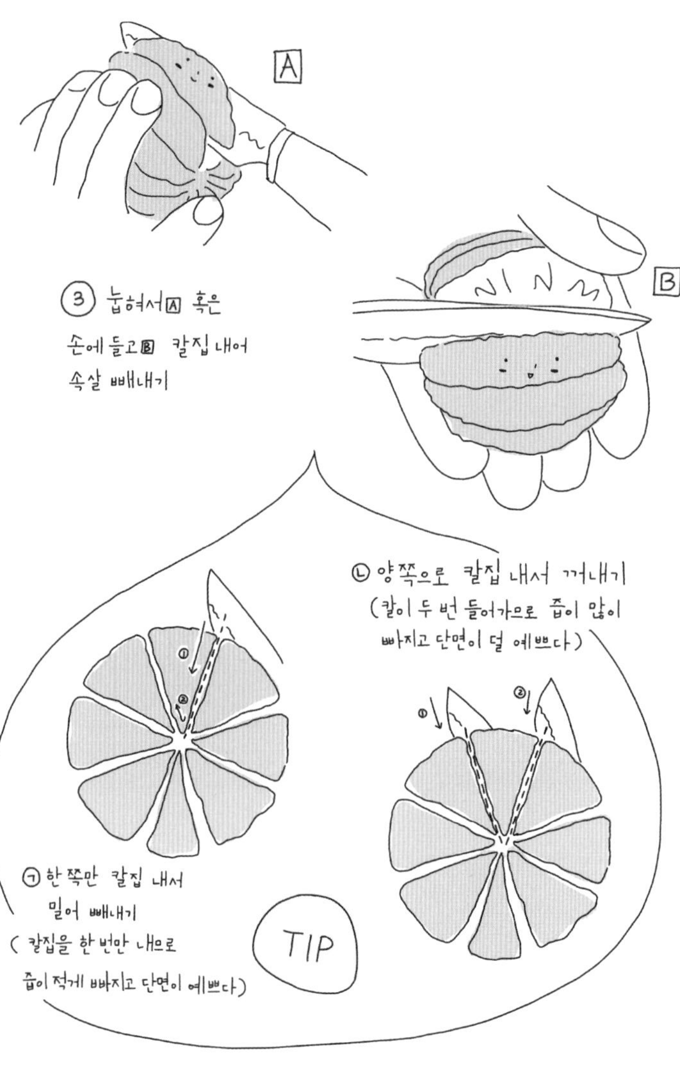
A
B
③ 눕혀서Ⓐ 혹은
손에 들고Ⓑ 칼집 내어
속살 빼내기
ㄴ 양쪽으로 칼집 내서 꺼내기
(칼이 두 번 들어가므로 즙이 많이
빠지고 단면이 덜 예쁘다)
ㄱ 한 쪽만 칼집 내서
밀어 빼내기
(칼집을 한 번만 내므로
즙이 적게 빠지고 단면이 예쁘다)
TIP

From.

맛있고 칼로리 낮은 음식은 없을까요?

"평소엔 다이어트하느라
엄마와 함께 밥을 먹어도 음식은 다르게 먹었어요.
이제는 건강한 식재료로 엄마와 함께
따뜻한 음식을 먹고 싶어요.
마침 곧 엄마 생신과 제 생일이 다가와서
둘이서 파티를 할 거거든요."

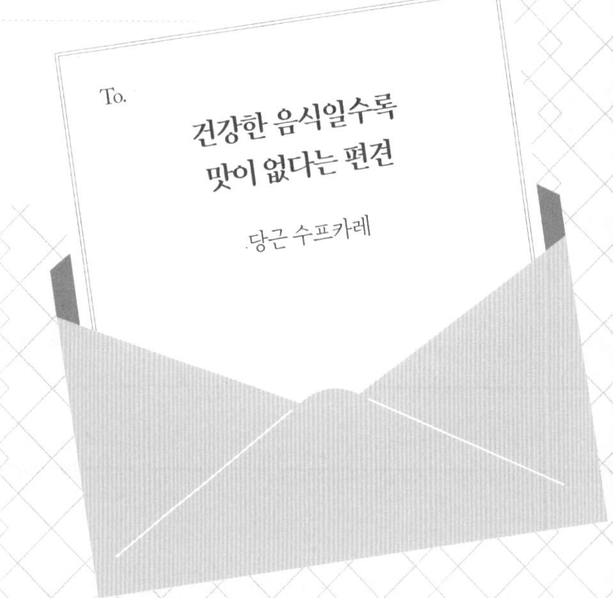

어느 날 특별한 사연 하나를 받았습니다. 엄마와 함께 조촐하게 즐길 생일 파티 음식을 찾는 분이었어요. 평소에는 다이어트를 하고 있어 어머니와 식사를 따로 한다고 했습니다.

그분은 이왕이면 앞으로도 건강한 식단을 어머니와 함께 먹을 수 있었으면 하시더라고요. 어떤 음식이 좋을까 고민하며 편지를 읽다가, '수프카레'를 언젠가 시도해보고 싶다고 한 부분이 눈에 띄었어요.

전 수프카레라는 음식을 이 사연을 통해 처음 알았어요. 구운 채소나 고기 등에 자작한 카레를 부어 먹는 음식이라고 하네요. 찾아보니 일본에서 자주 먹는 음식인데, 한국에서도 최근 들어 유행하는 듯하더라고요.

그런데 프랑스에서도 이렇게 수프 같은 카레를 무척 자주 먹습니다. 프랑스에선 오리지널 카레 가루(인스턴트 카레가 아닌 향신료만을 조합한 순수한 카레)를 여기저기에 응용한 요리가 꽤 많거든요. 한국에서 흔히 파는 것과는 다른 카레 때문에 처음 프랑스에 왔을 때 당황한 적이 있어요.

그때까지 카레는 넣기만 하면 음식의 간도 농도도 다 맞춰주는 마법의 가루라고 알고 있었어요. 채소를 볶다가 뭔가 심심하면 카레 가루와 물을 넣어 덮밥 소스로 만들고, 떡볶이를 만들다가도 약간 더 진한 맛이 나길 원하면 언제나 마법의 가루를 소환했습니다.

아시안 마트가 귀한 시골로 이사하니 카레 가루를 마음껏 쟁여두기 힘들어졌어요. 그러던 어느 날 프랑스 마트에서 'curry'라고 적힌 가루를 발견했습니다. 냉큼 사 들고 집에 와서 먹다 남은 (조금은 심심한 맛의) 면에 넣어 카레 국수를 즐길 생각에 신이 났죠. 그런데 아무리 끓여도 국물이 걸쭉해지지 않는 거예요. 맛은 어떤가 싶어 한입 가득 먹어 보았다가 미각을 잃어버리는 줄 알았습니다.

한국의 인스턴트 카레에는 향신료뿐만 아니라 기름과 밀가루가 상당히 많이 들어 있습니다. 그래서 넣자마자 걸쭉한 소스가 만들어지는 것이고요. 그런데 이때 전 향신료만 통째로 똑같은 양을 넣었던 거예요. 그러니 농도가 변하지 않는 건 물론이거니와 정량보다 열 배 넘는 향신료를 부었으니 충격적인 향이 날 수밖에요.

그날의 충격 이후로 한동안 카레는 멀리하며 살았는데, 저를 다시 카레 애호가로 만들어준 것은 바로 수프였습니다.

제가 일한 레스토랑에서는 겨울 시즌이 되면 수프를 점

심 식사의 전식으로 자주 만들었어요. 겨울 제철 재료는 한정되어 있으니 향신료나 마늘, 생강 등을 적절히 돌려가며 다른 맛의 수프를 시도했죠. 그때 카레 가루를 조금 넣고 만든 수프에 반해버린 거예요.

오리지널 카레 가루의 농도는 기름이나 밀가루가 아닌 채소의 걸쭉함으로 조절할 수 있었어요. 적정량만 잘 어울리는 채소에 넣으니 그렇게 향긋할 수가 없더라고요. 언젠가부터 카레 가루를 넣은 수프를 집에서도 자주 만들었고, 다른 음식에도 조금씩 넣어 향을 살리는 법을 터득했습니다. 그리고 인스턴트 카레는 먹고 나면 어딘가 항상 더부룩해서 좋아하면서도 조금 부담스러웠는데, 오리지널 카레 가루를 넣은 수프를 먹으면 그런 불편함이 없었어요.

마침 사연자께서 다이어트 중이라고 해서 바로 이 수프카레가 떠올랐습니다. 더구나 에어프라이어로 만들기 편한 '당근 수프카레'랍니다.

재료는 2인분으로 알려드릴게요. 먼저 수프에 들어갈 재료로는 당근 1개, 양파 1개, 육수 2와 1/2컵(500ml)입니다(육수 대신 물 500ml에 간장 2큰술이나 치킨스톡 1개를 섞어 쓸 수도 있습니다). 그리고 여기에 오리지널 카레 가루 1큰술(일반 카레에 고춧가루, 칠리 파우더, 가람 마살라, 파프리카 가루 등을 더해도 됩니다), 올리브유 2큰술을 기본으로 준비해주세요. 없어도 되지만 더하면 훨씬 풍미가 살아나는 재료로는 마늘 1쪽, 생강 조금(마늘 1쪽 크기만큼)을 준비해주면 좋아요.

그리고 토핑용 재료를 알려드릴게요. 새우, 채소(당근, 감자, 단호박, 가지, 애호박, 아스파라거스, 파프리카, 버섯, 양배추, 방울토마토 등 좋아하는 채소를 골라주세요)를 1인당 2주먹 정도로 준비하고, 여기에 양념으로 올리브유 2큰술, 소금, 후추, 카레 가루 1작은술을 더하면 좋습니다.

완성한 수프에는 레몬즙과 고수(생략 가능)를 더한 밥, 우동이나 칼국수 사리를 곁들이면 좋습니다.

먼저 수프를 끓여볼게요. 양파는 채썰기하고 당근은

1cm 두께로 썰어주세요. 마늘과 생강은 살짝 다져주세요(나중에 다 갈아줄 거라서 너무 잘게 다지지 않아도 괜찮아요). 이제 (1L 이상의) 냄비에 올리브유를 넣고 중불에서 양파를 10분 정도 볶아주세요(볶는 동안 계속 젓지 않아도 괜찮아요. 양파가 익는 동안 당근을 썰어도 좋아요). 그런 다음 당근을 넣고 다시 5분 정도 볶다가 카레 가루를 넣고 1분쯤 더 볶습니다.

이제 육수와 마늘, 생강을 넣고 잘 섞은 다음 끓기 시작하면 뚜껑을 덮고 약불에서 10분간 익혀주세요. 그런 다음 수프를 믹서기에 갈면 됩니다(냄비에서 도깨비방망이로 바로 갈아도 좋아요). 농도 조절은 남은 육수나 우유, 두유, 코코넛밀크로 해주세요.

수프를 익히는 동안에는 토핑을 준비하면 좋습니다. 새우는 껍질째 깨끗하게 씻고, 채소는 달걀 크기만 하게 준비해주세요(작게 썰어도 되지만 이 정도로 크게 썰면 모양이 더 예쁘게 나와요). 당근, 감자, 단호박은 미리 5분 정도 데치거나 전자레인지에 랩을 씌워(구멍을 조금 뚫고) 3분 정도 돌려주세요. 방울토마토는 통째로 쓰면 됩니다. 이 채소들을 모두 준비할 필요는 없어요. 좋아하는 네다섯 가지 정도면 충분합니다.

새우와 채소는 굽기 전에 소금, 후추를 2꼬집 정도 뿌리고 카레 가루 1작은술과 함께 올리브유 2큰술에 버무려주세요(큰 볼이나 접시에 담아 손으로 무치듯이 버무리면 제일 좋아요). 버무린 새우는 에어프라이어(또는 오븐)에서 180도로 10분 구워주세요. 채소들은 180도에서 10분 돌렸다가 조금 뒤적인 다음 8~10분정도 더 구워주세요. 이때 에어프라이어에 종이 호일을 깐다면 굽는 시간이 2~3분 정도 더 걸릴 수 있어요. 한 번에 다 굽기보다는 두 번 정도 나눠 구워야 골고루 잘 익습니다. 채소의 겉면이 노릇노릇해져 있어야 합니다!

밥은 접시에 따로 잘 담고, 우동이나 칼국수 사리는 미리 삶아 찬물에 씻어 따로 담아주세요.

마지막으로 넓고 오목한 접시나 큰 볼에 구운 채소와 새우를 예쁘게 쌓아줍니다. 그 옆으로 수프를 조심히 부어주세요(수프를 먼저 담고 채소들을 눕히듯 담아도 됩니다). 이제 먹으면 되는데, 준비한 밥이나 면에 레몬즙과 고수를 뿌리면 정말 이국적인 맛이 납니다(고수는 필수는 아니지만, 레몬즙은 꼭 같이 곁들였으면 해요). 올리브유를 살짝 더 뿌려도 좋고요.

사연을 보낸 분은 고수나 바질 등 향이 강한 음식도 즐겨 먹는다고 했습니다. 그래서 조금 독특한 향신료가 들어가는 이 음식도 마음 편히 알려드릴 수 있었어요. 밥이나 면의 양을 줄이고 채소를 더 많이 먹으면 다이어트 중에도 부담이 없을 것 같았고요.

칼질이 느려 시간이 오래 걸리는 게 고민인가요? 이 레시피에서는 토핑을 큼직큼직하게 썰어야 해서 걱정 없이 요리할 수 있습니다. 생강이나 마늘도 미리 다져져 있는 시판 제품을 쓰거나 믹서기로 갈면 되니 여러모로 편하죠.

제가 다이어트할 때는 다른 사람과 함께 음식을 즐기지 못하고 홀로 식사를 해야 한다는 게 참 힘들었어요. 다이어트는 건강하고 행복해지려고 하는 건데, 당장 외롭게 식사하는 동안엔 그런 마음을 얻기가 쉽지 않더라고요.

사연자께서 건강하고 따뜻한 음식으로 엄마와 함께 자주 식탁에 둘러앉을 날이 늘어나, 성공적인 다이어트와 즐거움 모두를 얻으면 좋겠습니다.

From.

고단한 하루를 달래주는 안주를 찾아요

"매일 고생하는 남편에게
늘 미안하고 고마운 마음을 담아
맛있는 한 상을 차려주고 싶어요.
아기 때문에 둘만의 시간이 하나도 없었는데,
맛있는 음식과 와인으로 행복한 시간을
보내고 싶습니다!"

To.

향긋한 허브로 힐링하세요

처음 먹는 페르시야드

오늘 하루도 고생한 가족을 위해, 나 자신을 위해 와인 한 잔 기울이는 시간. 하루 중 이런 작은 시간을 낼 여유가 있다면 일상이 좀 더 풍요로워지는 것 같아요. 그렇지만 늦은 밤은 요리한다고 이것저것 챙기기엔 피곤한 시간이기도 합니다. 게다가 와인에 값비싼 치즈를 매일 곁들이는 건 조금 부담스럽죠. 이왕이면 저렴한 가격에 속도 든든하게 해주는 안주가 있다면 좋을 텐데 말이죠.

종일 고생하고 집에 돌아온 남편과 함께 와인을 한잔하면서 오붓한 시간을 보내고 싶다고 사연을 보낸 분이 있었어요. 와인 안주 겸 식사로 떠오르는 음식은 많았지만, 갓난아이를 돌봐야 하는 상황을 고려해야만 했어요. 육아하느라 온종일 고생했는데, 야밤에 시간도 오래 걸리고 복잡한 요리에 매달리게 할 수는 없었습니다.

간단하지만 근사한 분위기와 맛을 내줄 수 있는 재료로 '허브'를 떠올렸어요. 파슬리는 흔히 샐러드에 넣어 먹지만 따뜻한 음식에도 잘 어울리는 다재다능한 허브죠. 가끔 늦은 밤 와인 안주가 필요할 때 빛을 발하는 재료이기도 합니다. 그래서 신선한 파슬리와 제철 버섯, 마늘만 있으면 순식간에 만들 수 있는 프랑스식 버섯 볶음 '샹피뇽 엉 페르시야드'를 처방해드렸어요.

2인분의 재료로는 버섯 4주먹, 물 2큰술, 마늘 2쪽, 생파슬리 1주먹, 올리브유 2큰술, 소금, 후추만 있으면 됩니다. 버섯은 아무 버섯이나 다 좋아요. 느타리버섯을 가장 추천하지만 새송이버섯이나 양송이버섯도 좋고, 몇 가지 종류의 다른 버섯을 섞어도 괜찮고요. 양송이버섯이나 새송이버섯은 한입에 들어갈 크기 정도로 썰고 느타리버섯이나 팽이버섯은 손으로 찢어요(버섯은 물에 씻지 않는 것이 제일 좋으니 이물질만 닦아주세요. 꼭 필요한 경우에만 흐르는 물에 빠르게 씻어주세요).

이제 프라이팬에 버섯과 물을 넣고 뚜껑을 덮은 다음 중불에 5분 정도 끓여주세요. 뚜껑을 열어보면 버섯에서 물에 잔뜩 빠져나온 게 보일 거예요. 그러면 뚜껑을 열어둔 채로 물이 완전히 졸아들 때까지 끓이세요.

기다리는 동안 마늘과 생파슬리를 칼로 다집니다(다졌을 때의 양은 마늘 1큰술, 파슬리 2큰술 정도입니다).

버섯 물이 완전히 졸아들었으면 올리브유, 다진 마늘, 다진 파슬리, 소금 2~3꼬집을 넣고 약불에 1분 정도 볶으면 완성입니다. 따뜻할 때 먹는 게 좋아요. 이 볶음에는 빵이나 밥 모두 잘 어울려요.

프랑스에서는 마늘과 파슬리를 섞은 요리를 '페르시야드'라고 불러요. 그 유명한 달팽이 요리에도 소스로 쓰고, 생선 요리에도 잘 어울리고, 올리브유나 버터랑 섞어 스프레드로 만들어 빵에 발라 먹기도 합니다. 마늘과 파슬리는 매우 흔하게 먹는 조합이에요. 허브가 조금 낯선 분들은 이렇게 파슬리부터 시작하면 좋을 것 같아요.

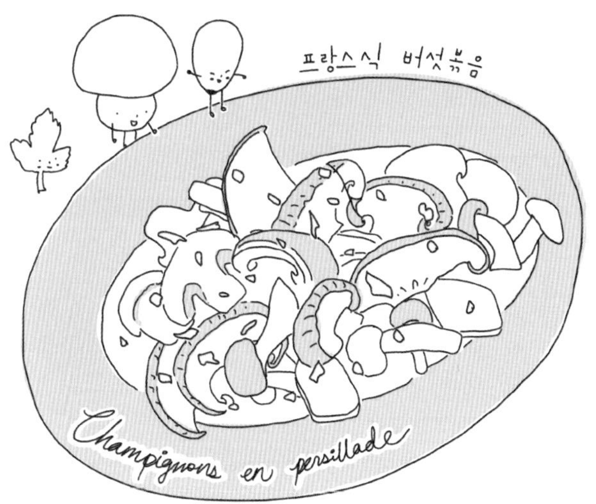

10년 전, 프랑스에서 한 대형 마트의 채소 코너에 처음 가보고선 깜짝 놀랐어요. 여기가 마트인지 꽃집인지 헷갈릴 만큼 허브 화분이 좌르르 놓여 있었거든요. 열댓 가지의 처음 보는 허브들을 화분째로 팔고 있는 풍경이 정말 신기했습니다.

제대로 된 허브의 쓰임새와 진정한 맛을 알게 된 건 요리 학교를 졸업하고 레스토랑에서 일하면서부터였어요. 레스토랑에서는 근처의 작은 유기농 농장에서 채소와 허브를 구매했어요. 매주 월요일에 농장 주인이 차에 채소 바구니를 한가득 실어왔습니다. 신선한 채소와 허브를 조금씩 쓰다가 남은 것을 썩혀버리느니, 듬뿍 써서 요리의 값어치를 올리자는 것이 주방장이었던 셰프의 철학이었어요. 셰프는 특히 허브와 올리브유는 절대 아끼지 않았어요(그래서 자주 사장님하고 싸웠지만요). 제가 샐러드를 만들면 셰프는 맛보고 나서 늘 이렇게 말했습니다. "맛있는데, 바질 한 주먹만 더 넣어봐." 그때 음식의 향을 최대치로 끌어내고 싶을 때 적절한 허브를 가득 쓰면 맛이 완전히 달라진다는 걸 알았어요. 아무 특별할 것 없어 보이는 파스타도 파슬리를 잔뜩 다져서 올리면 무척 신경 쓴 듯한 요리로 변하는 것도요.

그런데 허브들을 듬뿍듬뿍 쓰기 위해서는 일주일 내내 신선하게 보관해야 하죠. 화분을 두면 가장 좋겠지만, 줄기가 잘린 생허브도 몇 가지 방법을 쓰면 일주일 정도는 꽤 신선하게 보관할 수 있더라고요.

이때의 경험이 떠올라 사연을 보낸 분에게 허브를 보관하는 방법도 함께 알려드렸습니다.

첫 번째는 꽃병이나 컵에 물을 담아 꽂아두는 방법입니다. 가장 많이 쓰는 방법이죠. 특히 냉장고에 자리가 부족할 때 이렇게 해두는데, 물을 자주 갈아주지 않으면 줄기 부분이 썩어버리기도 하니 주의해야 합니다(냉장고 안에서는 이 방법을 쓰면 안 됩니다).

두 번째는 냉장고에 자리가 조금 있을 때인데, 젖은 면포나 키친타월에 감싸 냉장고에 넣어 보관하세요. 꽃병에 꽂아두는 것보다 조금 더 오래가는 방법이에요(특히 여름). 대신 면포를 자주 확인하면서 물기가 마르지 않게 조심하고, 시들어가는 허브는 그때그때 골라내야 전체적으로 오래 보관할 수 있어요. 그리고 냉장 온도를 너무 낮게 해두지 않아야 합니다(채소나 허브는 너무 차가운 냉장고에 보관하면 오히려 좋지 않아요).

생허브의 진정한 향기로움에 반하게 되면, 이런저런 다른 허브들도 시도해가면서 자신에게 유용하고 잘 맞는 종류를 찾을 수 있을 거예요.

허브는 제게 믿음직한 존재예요. 지친 하루를 토닥이는 맛을 선사할 뿐 아니라 눈이 즐거운 플레이팅에도 큰 역할을 하거든요. 가족을 생각하는 마음이 무척 아름다웠던 사연자의 주방에 이렇게 듬직한 허브 하나를 심어드리고 싶었어요. 늦은 저녁, 두 분이 향긋한 허브와 와인으로 따뜻하게 하루를 마무리하는 풍경을 상상할 수 있어서 답장을 쓰는 시간이 행복했습니다.

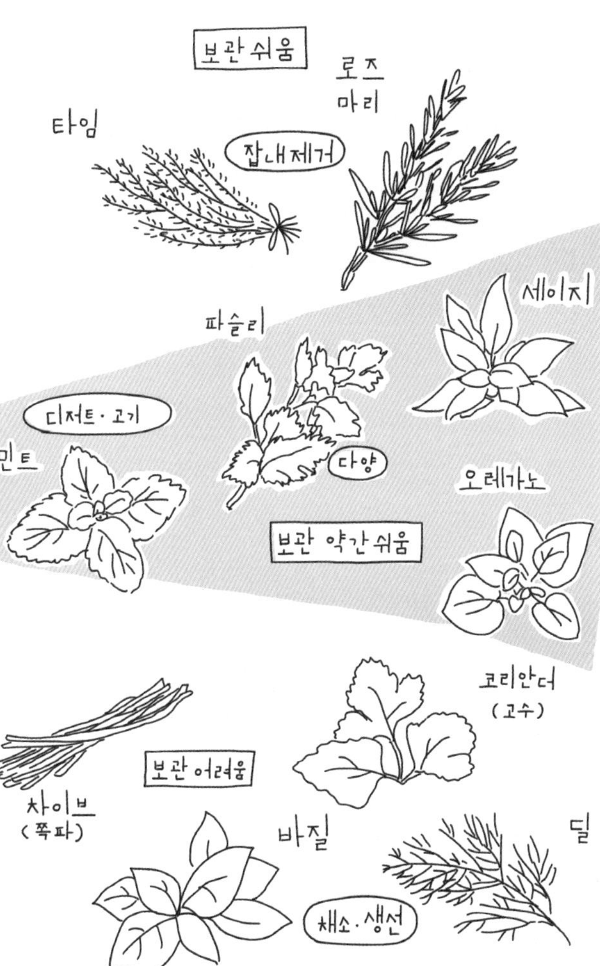
보관 쉬움
로즈
마리
타임
잡내제거
세이지
파슬리
디저트·고기
민트
다양
오레가노
보관 약간 쉬움
코리안더
(고수)
보관 어려움
차이브
(쪽파)
바질
딜
채소·생선

From.

매일 같은 재료,
비슷한 요리가 질려요

"했던 거 또 해 먹고, 또 해 먹고…….
같은 재료로 이렇게도 먹고 저렇게도 먹는
팁이 있을까요?"

To.

비슷비슷한 요리가 지겹다면

식재료 응용

우편 레시피 상담에 사연을 보내는 분들 중에서 혼자 살거나 가족 수가 많지 않거나 요리를 하는 날이 적은 분들은 모두 비슷한 고민을 합니다. '버리는 것도 싫고 식비도 아끼려고 늘 같은 식재료만 쓰다 보니 지겹다', '식재료를 다양하게 사도 항상 남아서 버리니 아깝다.'

언젠가 지인의 집에 방문했을 때의 일이에요. 보통은 제가 직접 요리를 만들어 가져가는 편이었는데, 그 집에 오븐이 있다는 말에 그곳에서 바로 요리를 하면 좋겠다 싶었어요. 그래서 몇몇 필요한 도구와 재료를 챙겨 조금 일찍 찾아갔습니다.

지인은 오븐을 갖고 있긴 하지만 평소 요리를 즐기지 않는 편이었습니다. 제 장바구니를 보더니 살짝 얼굴이 어두워지더라고요. "요리하고 남은 재료는 다 가져가. 난 어떻게 쓰는지 몰라. 결국 버리게 될 거야." 일부러 오래가고 여기저기 잘 쓰이는 식재료만 골랐는데도, 지인은 당황하며 "다 못 쓰고 버리게 될 거야"라는 말만 반복했습니다. 익숙한 채소(감자, 당근, 양파) 외엔 절대 사지도 쓰지도 않는다면

서요. 그리고 비슷한 재료만으로 요리하다 보면 지겨워져서 다 먹지도 못한다고요.

식재료를 돌려 막으며 요리하면 당연히 지겨워지죠. 사연을 보낸 분도 제 지인과 비슷한 고민을 하고 있는 듯했어요. 요리가 지겨워지는, 힘들게 요리하고 나서 보람도 뿌듯함도 없는 슬픈 상황을 벗어나고 싶은데 방법을 모르는 것 같았습니다.

그런데 의외로 감자, 당근, 양파 같은 기본 재료만으로도 할 수 있는 요리가 꽤 다양하다는 사실을 알고 있나요?

첫 번째로 기억해야 할 것은 같은 재료라도 생으로 먹느냐 익히느냐에 따라 다른 맛을 낼 수 있다는 점이에요. 흔히 익혀 먹어야 한다고 알려져 있지만 알고 보면 생으로도 먹을 수 있는 재료들이 있어요. 예를 들어 애호박은 생으로 된 것을 얇게 썰어서 식초나 소금에 살짝 절여 반찬으로 먹을 수 있어요. 익히지 않은 양송이버섯은 껍질을 벗겨 얇게 썰어 샐러드에 넣어 먹으면 맛있고요. 반대로 생으로만 먹던 재료를 익혀 먹을 수도 있어요. 예를 들어 상추를 살짝 데쳐 양배추말이처럼 상추말이를 만들 수도 있죠. 전골 요리를 할 때 양상추를 고기나 다른 채소와 함께 살짝 담궈 먹으면 무척 깔끔하고 맛있어요.

두 번째로는 '자르는 방법'을 다르게 하는 겁니다. 같은 재료라도 어떻게 자르냐에 따라 모양도 식감도 완전히 달라집니다. 세로로 썰기, 얇게 썰기, 채칼로 잘게 썰기, 강판에 갈기, 감자칼로 얇고 길게 벗겨내기, 다지기 등 방법이 상당히 많아요.

당근을 예로 들어볼게요. 당근은 동그랗고 길쭉해서 재미있는 모양을 만들어낼 수 있는 좋은 재료예요. 강판에 얇게 갈거나 채를 썰어 레몬즙과 올리브유를 더하면 샐러드(당근 라페)가 되고, 감자칼로 얇고 길게 벗긴 것을 살짝 데치면 넓적한 면이 돼요. 2cm 두께로 동그랗게 썰고 삶은 다음 조림 국물에 졸여 작은 동그랑땡처럼 먹을 수도 있고요. 이렇게만 해도 모두 다른 맛을 내는 요리를 만들 수 있죠.

세 번째는 '기본 양념'을 갖추는 것입니다. 여기서 말하는 양념이란 시판 샐러드드레싱이나 마요네즈, 쌈장처럼 가공된 양념이 아니에요. 한식 양념에는 간장, 설탕, 소금, 참기름, 식초, 식용유, 고추장, 된장 등이 있어요. 서양식에 어울리려면 여기에 올리브유, 디종 머스터드, 레몬즙(생레몬이 제일 좋지만 병에 든 것도 괜찮아요)을 더합니다.

가공된 양념은 항상 그 '가공된' 맛만 나지만, 기본 양념을 조합하면 그때그때 더하는 재료나 비율에 따라 다른 맛을 낼 수 있어요. 샐러드드레싱도 어떤 날엔 머스터드 1큰술에 올리브유 2큰술, 레몬즙 1큰술만 넣어 산뜻하게 만들 수 있고, 여기에 간장 1큰술, 설탕 1큰술, 참기름 2방울을 더해 한식과 어울리는 소스를 만들 수도 있죠.

기본 양념을 적절히 섞으면 마요네즈도 직접 만들 수 있어요. 머스터드 1큰술에 달걀 노른자 1개를 넣고, 식용유 5큰술을 천천히 더해가며 거품기나 포크로 섞으면 수제 마요네즈가 되죠. 좀 더 가볍고 묽은 마요네즈가 당긴다면 머스타드 2큰술에 노른자를 빼고 식용유 5큰술을 섞은 다음, 두유 2큰술과 설탕 1/2큰술을 더해 만들면 됩니다(거품기가 없다면 믹서기에 한번에 갈아서 만들어도 됩니다). 이렇게 다양한 양념을 직접 만들 수 있다면 훨씬 다양한 맛을 즐길 수 있어요.

마지막 작은 팁은 '요리 이름 수집'을 하는 거예요. 처음 보는 음식 이름이든, 아는 음식 이름이든 모조리 메모해보세요. 요리법은 잘 몰라도 괜찮으니 그냥 이름만요. 쓸모없어 보일 수도 있지만 의외로 매우 유용합니다. 요리 이름을 항상 들고 다니는 휴대폰 메모장에 적어두면 좋아요. 그러다 어느 날 집에 있는 재료로 요리하고 싶은데 도무지 뭘 해야 할지 떠오르지 않을 때, 평소 아는 요리법 말고 뭔가 다른 것을 시도해보고 싶다는 생각이 들 때 그 메모장을 여는 겁니다. 쭉 읽다가 모르는 요리가 있으면 검색해보세요. 거기에 내가 가진 재료만 들어가면 이때 요리를 시도해보는 거죠(모든 재료가 다 갖춰지지 않아도 좋아요. '맛있는데 좀 더 완벽했으면 좋겠다' 싶으면 다음에 다 갖춰서 다시 만들면 되니까요).

중요한 것은 '요리 이름'들을 수집해두면 필요할 때 내 눈앞에 있다는 겁니다. 레시피를 검색해보려고 해도 이름이 생각나지 않으니 헤매는 경우가 꽤 있거든요. 예를 들어 '당근 요리'를 검색하면 스크롤을 꽤 내리지 않는 이상 비슷비슷한 요리만 나오기도 하고요. 그런데 일단 목록이 있으면 빠르게 검색해서 찾을 수 있어요.

다양한 재료를 골고루 먹는 것은 물론 중요해요. 하지만 어떤 재료를 쓰든 본인이 요리하기가 즐거워야 새로운 시도를 할 용기가 생기지 않을까요? 무엇이 되었든 주방 한구석에 붙어 있는 작은 레시피 목록으로 안심이 된다면, 우린 이미 행복한 요리인이 된 거예요.

From.

낯선 향신료를 어떻게 쓰면 좋을까요?

“집에 조금씩 쌓인
향신료가 많은데
도대체 언제 어떻게
써야 하는지 모르겠어요.”

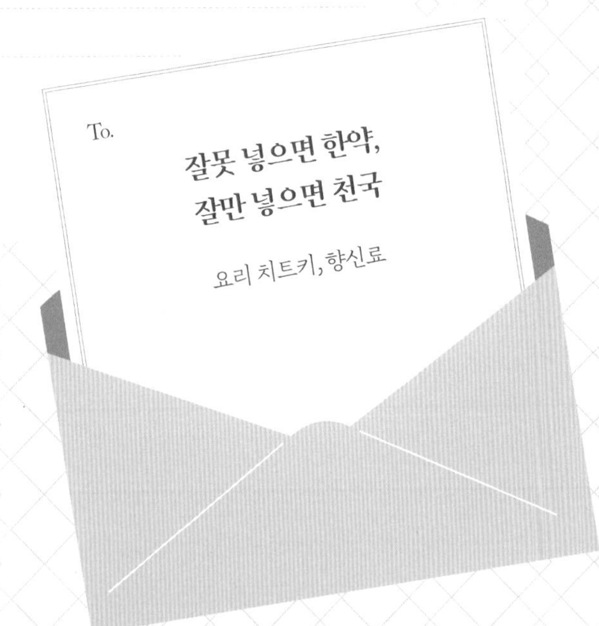

요즘은 한국에서도 향신료 세트를 구입하거나 선물 받는 경우가 꽤 있죠. 그런데 맛과 이름이 익숙한 후추나 파슬리 말고는 비닐 포장도 안 뜯어져 있거나 유리병 위에 먼지가 뽀얗게 앉아 있진 않나요? '유통기한이 지나기 전에 한 번이라도 써야 할 텐데'라는 생각은 하지만 막상 쓰려니 방법을 모르겠죠.

파리의 요리 학교에 입학하고 어마어마한 두께의 교재를 받았을 때를 아직도 기억합니다. 그날 받아든 건 3학기 중 겨우 1학기만 쓸 교재였는데도 엄청난 분량을 자랑했어요. '아, 내가 정말 미식의 나라에 왔구나' 하고 실감했던 날이었습니다. 어마어마한 분량의 교재 때문에 앞날이 조금 두렵기도 했지만, 저를 기쁘게 했던 한 가지가 있었습니다. 그건 바로 다양한 향신료의 사용법이었어요. 프랑스 요리에 이렇게 다양하게 쓰일 줄은 몰랐거든요. 인도나 중동, 중국 요리처럼 향이 폴폴 나는 음식만 넣어야 하는 줄 알았죠.

교재 속 레시피를 살펴보니 정말 여러 레시피에 향신료가 들어가 있더라고요. 그걸 보고 쾌재를 불렀습니다. 선물

받거나 병이 예뻐서 모아두기는 했지만 쓸 기회가 없어 기름때가 쌓여가는 향신료가 많았는데, 이제 그 아이들을 조금씩 깨워 사용할 수 있다는 생각에 신이 났거든요.

학기가 지나며, 상급 코스로 올라갈 때마다 전통 프랑스 음식에서 조금씩 더 나아가 트렌드에 맞는 복합적인 요리를 배웠습니다. 그러면서 점점 더 다양한 향신료를 쓸 기회가 생겼고요. 향신료는 제때 적당량만 사용하면 맛을 극도로 끌어올려 줄 수 있는 멋진 도구였어요.

한식에서는 향신료를 다양하게 활용하는 경우가 그다지 없지만, 서양 요리나 퓨전 요리를 좋아한다면 매우 유용하게 쓸 수 있습니다.

그럼 어떻게 해야 잘 쓸 수 있는지, 보통 향신료 세트에 많이 들어 있는 구성 위주로 간단하게 정리해볼게요.

① **그린페퍼:** 덜 익은 상태에서 수확한 후추여서 일반 후추보다 훨씬 연한 향이 납니다. 보통 판매하는 제품은 생으로 된 것을 절인 거예요. 요리할 때는 이를 으깨서 사용합니다. 생선이나 샐러드드레싱에 넣기 좋습니다.

② **넛맥**(육두구): 시원하면서도 살짝 씁쓸한 맛이 납니다. 통으로 된 것을 강판에 갈아 쓰거나 가루 제품을 사용합니다. 감자, 유제품, 고기에 잘 어울립니다.

③ **딜시드:** 약한 방아 향(깻잎과 민트를 섞은 듯한 향)이 나는 향신료입니다. 양고기를 재울 때나 올리브유를 넣은 채소 조림을 만들 때 통째로 씁니다.

④ **아니스(팔각):** 강한 방아 향이 납니다. 요리할 때는 향만 우려낸 다음 건져내야 합니다(먹지 않아요). 뱅쇼나 중동식 음식에 어울립니다.

⑤ **월계수 잎:** 후추와 나뭇잎을 섞은 듯한 향이 납니다. 생으로 또는 말려서 사용해요. 육수를 우릴 때, 토마토 소스나 와인이 들어가는 요리를 할 때 자주 사용합니다.

⑥ **시나몬(계피):** 요리할 때는 향만 우려낸 다음 건져냅니다. 가루로 된 것을 뿌려 사용하기도 합니다. 뱅쇼를 만들거나 향이 강한 고기를 재울 때 유용해요. 유제품, 두유가 들어간 디저트에 어울립니다.

⑦ **커민:** 고급스러운 달콤한 카레 향이 납니다. 주로 가루로 된 것을 쓰고, 대부분의 서양 음식에 어울려요.

⑧ **코리안더시드(고수 씨앗):** 조금 강한 방아 향과 레몬 향이 섞여 있습니다. 요리에는 통째로 넣어 향을 우려낸 다음 건져내거나, 살짝 으깨서 쓰기도 해요. 토마토, 버섯 등이 들어간 조림에 어울립니다.

⑨ **퀴르퀴마(강황):** 쌉쌀한 고급 카레 향이 나는 향신료입니다. 주로 가루로 된 것을 사용해요. 어느 음식에든 무난

하게 잘 어울리는 편이에요. 적은 양만으로 노란 물을 들일 수 있어 색소로도 씁니다.

⑩ **클로브(정향):** 마취약 냄새(실제로 마취제에 쓰임)가 나는 향신료입니다. 통째로 채소에 꽂아서 사용한 다음 제거해 주세요. 뱅쇼를 만들거나 육수를 우릴 때 씁니다.

⑪ **파프리카 파우더:** 달콤하고 연한 고춧가루 향이 납니다(파프리카 파우더 대신 곱고 연한 고춧가루를 써도 비슷한 향을 낼 수 있습니다). 가열하는 요리라면 어디에든 무난하게 사용할 수 있어요. 커민과 섞어 쓰기도 해요.

⑫ **펜넬시드:** 코리안더시드와 비슷한 향신료예요. 토마토가 들어간 여름 음식(샐러드, 조림)에 어울립니다.

⑬ **핑크페퍼:** 일반 후추보다 연하고 과일 향이 납니다. 주로 으깨서 사용하며, 어떤 음식과도 무난하게 잘 어울립니다.

⑭ **사프란:** 향신료로 사용하는 꽃술(암술)입니다. 고추와 꽃 사이 어딘가의 향이 나요. 꽃술 전체를 쓰기도 하고 가루로 사용하기도 합니다. 리소토, 파에야, 부이야베스 등 유럽 남부지방 음식에 어울립니다. 가격이 굉장히 비싼 편이에요.

이때 향신료 양은 아주 조금씩 맛을 봐가면서 넣어주는

넛맥
아니스(팔각)
월계수 잎
클로브(정향)
시나몬(계피)
사프란

게 중요합니다. 한 꼬집과 두 꼬집의 맛 차이가 어마어마하거든요. 콸콸 부으면 큰일납니다(가족들이 음식에 한약을 부었다고 화낼 수도 있어요)! 그리고 특히 클로브, 아니스, 사프란, 넛맥은 향이 매우 강한 편이니 주의해서 넣어주세요. 특히 넛맥은 단순히 맛에만 영향을 주는 것이 아니라 몸에 치명적일 수 있어 주의해서 써야 하는 향신료예요. 환각을 일으키는 물질이 들어 있거든요. 한 숟갈만 섭취해도 위험할 수 있으니 정말 살짝만 넣어야 합니다!

만약 향신료가 집에 하나도 없어서 이제 슬슬 사볼까 하는 분들은 세트로 사는 것보다는 자신의 요리 취향에 맞춰 하나둘 사는 걸 추천합니다. 특히 혼자 산다면 아무리 요리를 자주 한다고 해도 다 못 먹을 확률이 높죠. 향신료는 유통기한이 지나면 향이 다 빠져버리거든요.

취향별로 나눠보자면, 아래와 같이 추천해요.

① **채소 요리를 자주 한다면:** 각종 마른 허브(파슬리, 바질 추천), 딜시드 또는 코리안더시드, 펜넬시드(셋은 비슷한 용도라 굳이 모두 갖출 필요는 없습니다), 커민, 넛맥, 월계수 잎

② **생선 요리를 자주 한다면:** 각종 마른 허브(파슬리, 바질, 딜, 타임 추천), 딜시드 또는 코리안더시드, 펜넬시드, 큐민, 클로브, 핑크페퍼, 그린페퍼, 사프란, 월계수 잎

③ **고기 요리를 자주 한다면:** 각종 마른 허브(타임, 로즈마리, 세이지, 오레가노 추천), 아니스, 시나몬, 커민, 퀴르퀴마, 클로브, 넛맥, 월계수 잎, 핑크페퍼, 그린페퍼

향신료는 독특한 향 때문에 호불호가 갈리는 경우가 많아서 어떤 요리와 어울리는지보다는 자신의 입맛에 맞는지를 먼저 알아보는 게 좋습니다. 우리나라에선 미리 시향을 한 다음 구입할 수 있는 곳이 많지 않으니 가장 작은 용량을 먼저 구입하는 것도 좋아요. 제일 좋은 방법은 향신료를 갖고 있는 지인의 집에 방문할 때마다 시향해보는 겁니다(지인의 향신료가 매우 오래되어 향이 다 빠진 상태라면 직접 구매했을 때 너무 강한 향에 당황할 수 있으니 주의하고요).

전 개인적으로 커민과 넛맥을 '최애' 향신료로 꼽아요. 우선 후추처럼 무난하게 여기저기 다 집어넣을 수 있다는 게 가장 큰 장점이에요. 커민은 그냥 먹으면 무슨 맛인지 잘 느껴지지 않아서 처음엔 살짝 어렵게 느껴지는 향신료죠. 그런데 볶음 요리를 할 때 반 티스푼 정도만 살짝 넣어도 중동 가정집에서 날 법한 향이 확 나서 기분 전환용으로 꽤 자주 쓰는 편입니다.

저는 원래 감자를 별로 좋아하지 않았는데요. 넛맥을 살짝 더한 감자 요리를 맛보고는 감자에 완전히 반해버렸어

요. 감자뿐만 아니라 밀가루나 크림 소스를 쓰는 요리처럼 고소하고 담백한 맛이 나는 음식에 넛맥을 살짝 넣으니, 청량하면서도 매콤한 향이 입안에 가득 퍼지면서 살짝 느끼할 뻔했던 맛을 딱 붙잡아주더라고요(어질러진 방에 엄마가 다녀간 후 깔끔해진 모습을 마주하는 기분이랄까요).

향신료를 다양하게 갖추는 것보다는 그냥 간단하게 후추 하나만 두고 아무 요리에나 편하게 넣어 먹고 싶은 분도 분명 있을 테죠. 그렇다면 일반 후추 대신 고급 후추를 써보길 추천합니다.

후추를 갈아주는 도구인 그라인더도 있으면 좋지만, 비싼 그라인더보다 좋은 후추 한 통을 사는 게 훨씬 더 이득이에요(물론 그라인더를 사두면 평생 쓸 수 있으니 나쁠 건 없죠). 인터넷에서 찾아보거나 백화점 식품 코너에 가서 '이 돈으로 후추를?'이라는 생각이 들 만한 가격의 후추를 한 통만 사서 맛보세요.

저도 후추는 그냥 매운맛을 내주는 조미료라고 생각했었는데, 어느 날 마다가스카르산 고급 후추를 맛볼 기회가 있었습니다. 그 뒤로는 일반 후추를 먹으면 아무 맛도 못 느낄 정도예요. '복잡하게 이것저것 챙기는 게 싫고 그냥 하나만 있으면 된다!' 하는 분은 적당한 그라인더 하나와 좋은 후추 하나만 구비해두면 충분합니다. 흰 밥에 후추만 뿌려 먹어도 정말 맛있어요(참, 그라인더는 웬만하면 수동으로 사세요. 전동 그라인더는 편하지만 고장이 잘 나는 편이에요). 갑자기 집에 손님이 왔을 때, 평범한 밥에 고급 후추만 뿌려 대접해도 식사 내내 후추 이야기만 하게 될 거라고 확신합니다(씽긋).

잘못 넣으면 한약, 잘만 넣으면 이곳이 천국이 되는 향신료. 오늘은 찬장에서 먼지만 쌓여가던 병들을 꺼내 조금씩 맛보는 것부터 시작하는 건 어떨까요?

From.

'자작하게' 넣으라는 건 무슨 뜻인가요?

"레시피에 나오는 용어가 어려워요.
'약불'이면 얼마나 약한 불이며,
물을 '자작하게' 넣으라는 건 얼마큼인가요?
레시피대로 하려고 노력해도
결과물이 생각했던 것과 다른 모습이어서
속상해요."

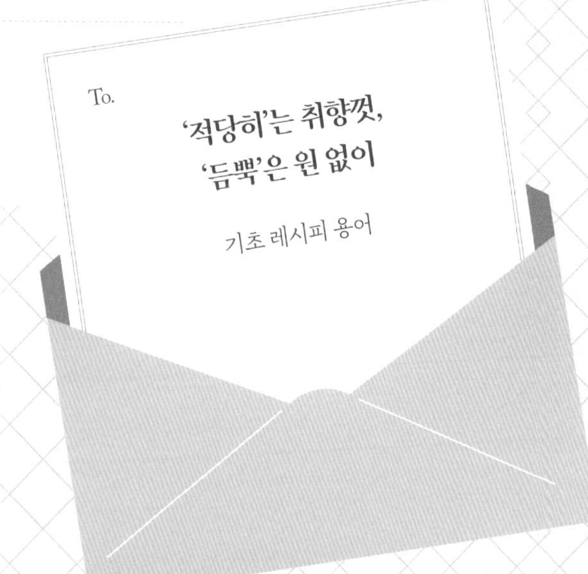

한국어로 된 요리책이 외국어만큼 어렵다고 하는 분이 꽤 있는 것 같습니다. '약불과 중불의 차이를 잘 모르겠다', '살짝 데치라는 게 얼마큼인지 모르겠다', '한 주먹이 주먹 크기인지 움켜쥐었을 때의 크기인지 구별이 안 된다', '자작하게는 얼마큼인지 감이 오지 않는다'…….

요리에 익숙한 분들이라면 '약불', '살짝', '한 주먹', '자작하게' 같은 지시어가 쉽게 다가올 거예요. 요리 경험이 많다면 얼마큼의 물과 어떤 세기의 불을 써야 하는지 대략 알고 있으니 이런 애매한 표현들도 편하게 느껴지죠. 그런데 요리를 처음 시도해보는 분들에겐 정확히 얼마큼을 뜻하는 건지 알려주지 않는 암호로 느껴질 겁니다(저도 요리를 막 시작했을 때는 '적당히'라는 말만 발견하면 책을 그냥 덮어버린 적도 있어요).

레시피를 해석 불가능한 암호에서 유추 가능한 신호로 바꿔 읽는 데 도움을 드리기 위한 힌트를 써볼게요.

가장 먼저 '불의 세기'입니다. 보통 강불, 중불, 약불로 나누죠. 강불은 가스레인지를 제일 세게 틀면 되니 어려울 것 없고요(다만 냄비나 팬의 크기를 넘어설 만큼의 불꽃이 나오면 손잡이가 탈 위험이 있으니 조심해주세요!), 중불과 약불을 구분할 때 종종 문제가 발생합니다(레시피에서 약불에 10분 구우래서 그렇게 했는데 재료를 태워버린 경험이 다들 있을 것 같네요). 가스레인지마다 불의 세기가 다 다르기 때문이에요. 강약 조절기를 가운데에 맞추었다고 무조건 중불이 되는 것은 아니에요. 불을 조절할 땐 허리를 숙여 직접 불꽃을 봐야 해요. 어떤 가스레인지는 거의 끝까지 조절기를 돌려야만 중불에서 약불이 되기도 하거든요. 하이라이터나 인덕션도 열효율이 높은 제품은 (강도가 1~9라고 가정했을 때) 5가 아니라 3 정도에 맞추어야 중불이 나옵니다. 물을 넣은 냄비 바닥에 기포가 맺히기만 하고 올라오지 않을 정도가 약불, 냄비 바닥에 크고 작은 기포들이 맺히면서 조금씩 올라올 때가 중불, 완전히 끓을 때가 강불입니다. 물이나 라면을 끓일 때 불을 여러 가지 세기로 조절해보면서 감을 익혀두면 좋아요.

다음으로 '양 조절'에 관한 용어들을 살펴볼게요. 보통 따라 하기 가장 어렵게(그래서 내팽겨치고 싶다고) 느껴지는 용어로는 '살짝', '적당히', '조금', '듬뿍', '자작하게' 등이 있을 것 같아요.

'살짝'은, 보통 '데치기', '굽기', '식히기'와 같은 행위에 붙습니다. 식재료가 완전한 상태가 되기 전이라고 보면 됩니다. 예를 들어 '살짝 데치세요'라는 레시피의 설명은, 칼이나 젓가락으로 식재료를 찔렀을 때 조금 빡빡하게 들어갈 만큼 재료를 익히라는 뜻으로 이해하면 됩니다. 얇은 채소는 거의 넣자마자 빼준다고 생각하세요. 일반적으로는 '살짝'을 '30초~1분' 정도의 시간이라고 읽어도 무방해요.

'적당히'는 참 애매하죠. 전 '적당히'를 '취향껏'이라고 읽어요. '올리브유를 적당히 부어주세요'라는 레시피를 따라 할 때, 기름기를 싫어하면 1큰술, 올리브유 특유의 맛을 즐긴다면 4큰술 정도 넣는 거죠. '시금치를 적당히 삶아주세요'라는 지시에는 평소 좋아하는 식감만큼 익히면 되고요. '적당히'라는 말은 어느 정도 양 조절이나 시간 조절을 취향껏 해도 크게 맛에 영향을 주지 않는다는 이야기이니 너무 고민하지 말고 내키는 대로 해주세요.

'조금'과 '자작하게', '듬뿍'은 결이 비슷한데요. 주로 양념이나 물의 양을 말할 때 쓰죠.

'조금'은 정말 적은, 몇 큰술이라고 말하기도 어려운 적은 양을 말할 때가 많아요. 소금을 조금 넣으라고 하면 소금 병을 살짝 톡톡 쳐서 넣어준 다음, 마지막에 간을 보면서 더해주면 좋아요. 물 조금은 물이 바닥에 살짝 깔릴 만큼만(뜨거운 프라이팬에 물을 넣으면 바로 다 증발해버릴 만큼만) 넣으라는 뜻으로 생각하면 됩니다. '자작하게'는 물이나 육수 등의 액체를 재료의 머리만 살짝 나올 만큼 채우라는 말이고, '듬뿍'은 냄비 가득 물을 콸콸 담거나 '취향껏 많이'라고 이해하면 됩니다.

예를 들어 어떤 서양 요리 레시피 마지막에 '채 썬 생파슬리를 듬뿍 얹어 드세요'라고 써 있다면 '생파슬리가 취향에 맞다면 계속 추가해 먹어도 맛있을 거예요' 정도로 해석할 수 있겠죠.

레시피가 어려운 암호처럼 느껴지는 이유 중 하나로 '잘 모르는 재료'나 '구하기 어려운 재료'가 자주 들어간다는 것도 꼽을 수 있습니다. 요리는 정해진 재료를 정확한 양만 넣어 하는 것이 아니에요. 식재료의 상태나 조리 기구에 따라 그때그때 요리하는 방법이 달라져요. 심지어 실내 온도에 따라 재료의 양이 달라지기도 합니다. 특히 재료의 상태는 레시피에 큰 영향을 미치거든요(겨울 토마토로 만든 토마토소스가 여름 토마토로 만든 것과 맛이 절대 같을 수는 없거든요).

그렇기 때문에 레시피를 따라 할 때는 현재 자신의 상황에 맞게 읽어내는 게 중요해요. 제철 채소가 아닌 채소를 써야 한다면 본래 레시피의 맛을 끌어내기 위해 무엇을 더하고 덜어내야 할지를 찾는 거죠. 예를 들어 겨울인데 오이가 들어가는 음식을 만들고 싶다면, 겨울 오이가 싱겁고 무르다는 것을 감안해서 소금을 살짝 더 넣는 식으로 보완하는 거죠.

어떤 재료를 생략할 수 있을지, 없을지를 가려내는 방법은 여러 가지가 있어요. 우선은 레시피에 적힌 재료의 순서를 살핍니다. 가장 먼저 적혀 있는 재료일수록 생략하기 어려워요. 특히 음식 이름에 들어 있는 재료라면요('가지 무사카'에서 가지를 뺄 순 없겠죠?).

그리고 양으로 파악할 수도 있어요. 5인분 레시피인데 어떤 재료가 1꼬집 혹은 1작은술만 들어간다면, 이런 재료는 없어도 맛에 크게 영향이 가지 않으니 생략하거나, 비슷한 맛이나 기능이 있는 재료로 대체하면 됩니다(다만 향신료는 원래 적은 양만 들어가므로 설명대로 하면 안 됩니다!).

마지막으로 '같은 성격의 재료가 많은가?'를 살펴보면 됩니다. 예를 들어볼게요. 만약 '굴소스 3큰술, 설탕 2큰술, 간장 4큰술, 액젓 1큰술'이라는 레시피대로 요리해야 하는데 집에 굴소스가 없어요. 그렇다고 사려니 평소에 잘 쓰지 않을 것 같아요. 그런데 위 목록을 보면 엇비슷한 느낌의 양념이 많이 들어가죠? 굴소스 정도는 간장으로 대체해도 크게 무리는 아니겠다고 생각하면 되는 거죠.

'파프리카 1개, 고추 2개, 양파 1개, 청경채 1개'라는 재료가 필요한데 고추가 없어요. 그럼 비슷한 파프리카를 반 개 정도 더 넣어주세요. 만약 고추만 들어가는 레시피였다면 파프리카로 대체했을 때 느낌이 완전히 달라지겠지만, 수많은 채소가 들어간다면 하나 정도는 비슷한 걸로 대체해도 괜찮습니다.

사실 재료의 생략 가능 여부를 가늠하는 가장 좋은 방법은 재료와 음식의 맛을 많이 파악해두는 겁니다. 어떤 음식의 맛을 상상해보고, 여기에 이 재료가 빠져도 무리는 아니겠다고 판단하기 위해선 그 재료의 맛과 식감에 대해 아는 것이 제일 좋아요. 마파두부를 만들려고 하는데 집에 간 고기가 없다면, 비슷한 식감을 내는 콩비지를 대신 넣어도 괜찮겠다고 판단할 수 있는 거죠.

요리를 꾸준히 한다면, 레시피를 다 읽지 않고 재료만 보고도 요리 과정을 추측할 수 있는 날이 반드시 옵니다. 음식 이름에서 요리 방법을 대략 떠올리고, 재료를 훑어보면서 과정을 상상하고, 재료가 모자라더라도 '음 이걸로 대체하면 되겠군' 하며 당황하지 않고 요리를 시작하는 그날이요. 그럼 요리책이 외계어로 가득한 책이 아니라 '마법의 치트키 모음집'으로 새롭게 다가올지도 몰라요.

어떤 요리책을 펼쳐도 두렵지 않은 나의 모습, 상상만 해도 근사하지 않나요?

오늘도 다부지게 살아가시길

From.

일, 육아에 치여 요리할 시간이 없어요

"7개월 된 아기를 키우고 있는 워킹맘입니다.
친정 엄마가 집안일을 도와주고 있지만
요리할 시간이 늘 부족해요.
한 손에 아기를 안고서
숟가락 하나로 떠먹을 수 있는
간편한 음식이 있으면 좋겠어요."

To.

한 손으로 즐기는 축제

에어프라이어 파에야

평소 전 요리도 식사도 천천히 하는 걸 좋아하는 편입니다. 하지만 가끔은 일이 쌓여 요리할 시간이 부족할 때가 있고, 정성 들여 차릴 힘이 달리는 순간도 찾아와요. 그럴 땐 어쩔 수 없이 최대한 빠르고 간단하게 만들 수 있는 음식을 모양새에 전혀 신경 쓰지 않고 큰 그릇에 들이붓고는 숟가락 하나로 떠먹고는 합니다. 심지어 라면조차 제대로 끓일 수 없을 만큼 여유가 없는 날도 있었어요. 그날은 라면을 잘게 부숴 넣고 끓인 냄비를 통째로 가져다 놓고 숟가락으로 떠먹었죠(그마저도 다 끓여질 때까지 기다리자니 초조해서 절반은 생으로 먹었던 것 같네요).

어느 사연자께서 '한 손에는 아기를 안고 나머지 한 손으로 숟가락질해서 먹을 수 있는 음식'을 찾는다는 편지를 보내왔을 때, 잠시 울컥했습니다. 너무 바빠서 한 손으로는 마우스를 붙잡고 나머지 손으로는 라면을 떠먹던 그때 그 순간이 떠올랐거든요.

그 분은 육아 때문에 눈코 뜰 새가 없어서 시간적 여유를 내기가 정말 힘들어 보였어요. 간단히 떠먹을 수 있는 음식을 알려준다고 해도 실제로는 요리하는 데 한계가 있지 않을까 고민이 되었죠. 사연을 보낸 분은 아기에게 수유하고 있어서 영양도 잘 챙기고 싶다는 말까지 덧붙였어요. 육아와 일로 힘든 분에게 음식이 기분 좋은 충전이 될 수 있다면 좋겠다는 마음으로 얼른 펜을 들었습니다.

제가 처방해드린 음식은 '파에야'예요. 사연자께서 '해산물이 듬뿍 들어간 파스타'를 좋아하고, '오븐을 이용한 리소토'를 만들어보고 싶다고 했거든요. 해산물이 듬뿍 들어간 음식 한 그릇이라고 하면 바로 떠오르는 음식이 바로 스페인 음식인 파에야였어요.

게다가 파에야는 리소토보다 더 쉽게 만들 수 있어요. 리소토는 원래 팬에 뜨거운 육수를 한 국자씩 부어가며 25~30분간 계속 저어 만드는 음식입니다. 아이가 있다면 이렇게 팬을 계속 지켜봐야 하는 요리는 하기 힘들죠. 그리고 오븐만으로는 리소토 특유의 걸쭉하면서도 쫀득한 쌀의 맛을 내기 어려워요.

팬에 바로 가열을 하든 오븐에 익히든 맛에 크게 차이가 나지 않고, 다양한 재료도 마음대로 넣을 수 있으며, 재료를 별다른 손질 없이 모두 섞고 얹어 오븐에 넣기만 하면 되는 파에야가 더 좋은 처방이 될 것 같았습니다.

쌀은 평소 먹는 양과 비슷하게 준비하면 되는데, 1인분이면 보통 50g(약 1/4 종이컵) 정도 됩니다.

아래 재료의 양은 모두 1인분 기준이에요. 속재료로 쓸 채소로는 토마토(1개), 파프리카(1개), 마늘(1쪽), 양파(1/2개), 완두콩(2큰술, 또는 옥수수 알 2큰술)이 어울립니다. 마늘과 양파는 다져주고, 토마토와 파프리카는 깍둑썰기를 해주세요(카레를 만들 때 써는 크기 정도면 됩니다!). 만약 채소를 많이 섭취하고 싶다면 해산물의 양을 줄이고 다른 채소를 넣어도 좋습니다(여름엔 가지나 호박을 넣어도 괜찮아요. 완두콩이나 옥수수 알도 필수는 아니에요).

오븐(또는 에어프라이어)은 190도로 예열해주세요(오븐은 아래위의 그릴을 모두 켜주세요. 팬 기능도 있다면 켜주고요). 그리고 오븐에 넣을 수 있는 뚜껑이 달린 넓적한 냄비를 준비합니다. 스테인리스나 무쇠 냄비를 써주세요. 냄비 뚜껑에 유리나 나무 손잡이 등 다른 재질도 포함되어 있다면, 뚜껑 대신 덮을 알루미늄 포일도 준비해주세요. 에어프라이어를 쓸 경우, 기기 안에 들어갈 만한 크기의 스테인리스·유리·실리콘·알루미늄·세라믹 용기를 준비해주세요.

냄비에 올리브유를 2큰술 두르고, 다져둔 양파를 중불에서 볶아주세요. 양파가 투명해지면 마늘과 파프리카를 넣어 2분 정도 더 볶습니다. 여기에 생쌀을 넣어 1분 더 볶

쌀
토마토
파프리카
마늘
완두콩
사프란
올리브유
해산물
양파
육수
파슬리
소금 후추
레몬
Paella
파에야

은 다음 해산물과 토마토 1개, 완두콩을 넣고 1분 더 볶아줍니다. 해산물은 오징어, 새우, 홍합 등으로 2주먹 정도가 필요해요. 생물이 더 좋지만, 냉동 제품을 써도 괜찮습니다. 만약 냉동 해산물을 쓴다면 따로 해동하지 말고 바로 써주세요. 해산물이 서로 달라붙어 있거나 너무 크다면 살짝만 해동해주세요. 조금 녹았을 때 떼거나 썰주면 됩니다. 토마토는 토마토 소스로 대체해도 좋은데, 따로 양념이 되지 않은 플레인 토마토 소스가 좋아요.

해산물과 채소를 볶을 때 양념으로 사프란 5꽃술을 함께 넣어주면 좋아요. 가루로 된 것을 써도 됩니다. 그런데 사프란은 비싼 편이니 고운 고춧가루나 파프리카 가루 1작은술에 카레 가루 1작은술 정도를 섞어 넣어도 괜찮습니다.

마지막으로 육수를 2컵 정도로 재료가 자작하게 잠길 만큼 넣어주세요. 육수는 직접 낸 것이 있으면 더 좋지만, 시판 육수(고체든 액체든 아무거나)를 써도 무방합니다. 치킨 스톡이나 채수도 좋아요. 육수에 소금으로 간을 한 다음(시판 육수는 간이 되어 있는 제품이 많으니 육수를 넣고 맛을 본 다음 간을 해주세요), 후추(생략 가능)를 뿌려 저어줍니다. 이때 만약 월계수 잎이나 생파슬리의 줄기 부분이 있다면 위에 얹어주면 좋아요.

냄비에 뚜껑이나 포일을 덮고 예열한 오븐(에어프라이어)에 40분간 구워줍니다. 뚜껑을 열어보았을 때 육수가 모두 흡수되어 있으면 다 된 거예요!

완성된 파에야에는 다진 생파슬리(1줌)와 레몬즙(레몬 1/2개)을 뿌려 먹으면 더 좋아요. 파슬리와 레몬은 '이곳이 스페인인가!'라는 탄성이 나오게끔 맛을 극도로 끌어올려 줘요. 하지만 없어도 충분히 맛있으니, 굳이 따로 구입하지 않아도 괜찮아요. 이 요리를 위해 샀다가 다른 요리에는 쓰는 방법을 몰라 버리는 것보단 나으니까요. 참, 파슬리 대신 쪽파를 넣어도 괜찮습니다. 살짝 퍽퍽하다 느껴지면 올리브유를 위에 살짝 뿌려도 좋습니다!

파에야는 얼렸다가 데워 먹어도 괜찮습니다. 소분해서 용기에 담아 냉동실에 보관해두었다가, 전자레인지에 3분 정도 돌려서 먹어도 좋아요. 또는 해동하지 않고 바로 팬에 볶아 먹어도 좋아요.

제 머릿속에서 파에야의 이미지는 '축제'예요. 프랑스에서는 마을 축제가 열리면(특히 남부 지방에서) 광장 한복판에 커다란 팬을(지름이 2m나 되는 것도 본 적이 있어요) 두고 장정들이 자기 얼굴만 한 주걱을 들고서 파에야를 퍼주는 모습을 종종 볼 수 있거든요. 사프란을 넣으면 밥이 샛노래지는데, 그 색이 '여름이야', '축제의 계절이야' 하고 신호를 보내주는 것만 같았어요.

이번 사연에는 육아와 요리의 고충이 녹아 있었지만, 동시에 아이와 음식을 애정하는 마음 또한 담뿍 들어 있는 것이 느껴졌어요. '아, 이분께 축제를 선물해드리고 싶다'는 마음으로 답장을 썼어요. 타지에서 일에 지치고 외로웠던 저를 푸짐한 파에야 한 그릇이 흥겹게 해주었듯, 한 손에 아이를 안은 누군가도 다른 한 손으로 샛노란 축제를 즐기길 바라면서요.

From.

고독한 식단 조절을 하고 있어요

"다이어트를 하고 있는 대학생입니다.
닭가슴살, 고구마, 채소 아니면
두부 요리를 많이 하는데,
너무 자주 먹어서 이제는 좀 물려요.
당장 오늘 제게 근사하고 맛있는
특별한 식단 조절 음식을 대접하고 싶어요."

To.

두부의 변신은 무죄

저칼로리 두부 스튜

텔레비전에도, SNS에도 먹방과 음식 사진이 넘쳐나는 요즘. 다이어트 중인데 이렇게 사방에서 음식이 보이면 너무 괴롭죠. 게다가 혼자 집밥을 만들어 먹어야 할 땐 아까 본 화려하고 맛있어 보이는 음식과 비교되어 초라한 것도 같고 말이죠. 저도 다이어트를 참 많이 해봤는데, 혼자 집에서 비슷비슷한 싱거운 음식을 우적우적 먹을 때 그렇게 서럽더라고요. 근사한 음식들이 넘쳐나는 프랑스에 와서까지 이렇게 밋밋한 음식들을 먹어야 한다니!

멋진 서양 음식을 꼭 만들어보고 싶지만 다이어트 때문에 미루고 있다는 안타까운 사연! 얼른 근사한 식단 조절 레시피를 알려드려, '나중에'가 아니라 '당장' 특별한 식사를 선물해드리자 마음먹었습니다.

제가 프랑스에서 다이어트를 할 때 가장 먹고 싶었던 음식은 걸쭉한 소스가 들어간 스튜였어요. 이런 스튜는 보통 버터가 듬뿍 들어가거나 고깃기름이 가득해서 칼로리가 높아 꿈도 못 꾸던 음식이었죠.

전분은 그럴 때 제게 큰 위안을 준 재료였습니다. 딱 두

숟갈 정도만 풀어 넣으면 순식간에 정말 그럴듯하고 푸짐해 보이는 음식을 만들 수 있었거든요. 요즘도 전분은 찬장에 꼭 구비해두는 재료예요. 특히 중식을 만들다 뭔가가 살짝 부족하다 싶을 때, 마지막에 전분만 넣어주면 맛이 확 달라져서 믿음직하더라고요.

최근엔 스튜에 들어갈 소스를 만들 때도 전분을 넣으면 고기와 버터 없이 걸쭉함을 살릴 수 있다는 걸 알고 더욱 전분에 애정을 더하는 중입니다. 이렇게 만드는 스튜가 바로 '토푸 부르기뇽'이에요. 프랑스의 흔한 비프스튜인 '뵈프 부르기뇽'의 두부 버전이라고 할 수 있어요.

이번 사연에서도 비프스튜를 만들어보고 싶다고 했으니 토푸 부르기뇽을 만드는 방법을 알려드리면 괜찮을 것 같았습니다. 게다가 이 요리는 끓이는 데 조금 오래 걸리긴 해도 특별히 복잡하진 않고, 필요한 도구라고는 칼과 도마, 감자 필러, 숟가락, 컵, 밥그릇, 냄비가 전부거든요. 조리 과정이 복잡하거나 설거지거리가 많이 쌓이는 요리는 기피하는 분에게 딱이죠.

토푸 부르기뇽은 한 번에 많이 끓였다가 다음 날 다시 데워 먹으면 훨씬 더 맛있는, 카레 같은 음식이에요. 그래서 혼자 먹더라도 4인분으로 많은 양을 만드는 방법을 알려드리려 합니다.

재료는 양송이버섯 400g(달걀 크기로 10개 정도), 말린 표고버섯 40g(가볍게 1주먹 정도), 버섯 불릴 물 2컵(400ml), 단단한 구이용 두부 1모, 당근 2개, 감자 3개, 양파 1개, 마늘 2쪽, 레드와인 500ml(종이컵으로 약 3컵), 토마토 페이스트 2큰술, 월계수 잎 2장과 타임 조금(생략 가능), 전분 2큰술, 올리브유, 소금, 후추입니다.

우선 표고버섯을 물에 1시간 이상 불려주세요(육수를 내기 위한 것이니, 이를 생략하고 물이나 육수 또는 채수로 대체해도 좋습니다). 버섯을 불리는 동안 나머지 재료를 준비합니다. 마늘은 다지고(시판 제품으로 나오는 다진 마늘이라면 1큰술을 쓰면 됩니다), 양파는 채썰기를 하세요. 당근과 감자, 버섯은 모두 비슷한 크기와 모양으로 카레할 때처럼 썰어요(시간적 여유가 있거나 예쁜 음식을 만들고자 하는 욕심이 있다면, 갈비찜을 만들 때처럼 당근과 감자의 각진 부분을 조금씩 도려내 동글동글하게 만들어도 좋아요). 두부는 다른 채소와 비슷한 크기이되 조금 더 얇게 썰면 좋습니다.

가진 냄비 중 제일 두껍고 큰 냄비를 꺼내주세요. 여기에 올리브유(식용유도 가능) 3~4큰술을 넣고, 다진 마늘과 양파를 중불에 볶습니다. 양파가 투명해질 정도로만 볶아도 되지만, 좀 더 깊은 맛을 내고 싶다면 양파에 갈색이 돌

양송이 버섯
표고버섯
단단한 두부
토마토 페이스트
레드 와인
감자
당근
마늘
양파
월계수잎 타임
전분
올리브유
소금
후추
토푸 부르기뇽
Tofu Bourguignon
밥
고구마
빵
으깬 감자

때까지 천천히 볶아주세요.

양파를 다 볶았다면 미리 썰어둔 양송이버섯과 두부, 다 불린 표고버섯(크기가 크다면 다른 채소의 크기와 비슷하게 잘라주세요)도 넣고 볶은 다음, 불을 약불로 낮추고 뚜껑을 연 채로 15~20분 끓여주세요. 그동안 작은 밥그릇에 전분과 기름 2큰술을 뭉치지 않게 잘 풀어주면서 전분 기름을 만듭니다. 이렇게 만든 전분 기름에는 레드 와인, 표고버섯 불린 물(200ml 또는 종이컵으로 1컵), 토마토 페이스트를 모두 붓고 섞습니다. 만약 토마토 페이스트를 구하기 어렵다면, 케첩 3큰술 또는 플레인 토마토 소스 5큰술 정도로 대신해주세요(양념 맛이 센 스파게티용 소스는 피해주세요).

이제 전분 기름에 잘라둔 채소들과 월계수 잎, 타임(파슬리 가루도 괜찮고 아예 생략해도 됩니다)을 넣은 다음 소금, 후추로 간하고 부글부글 끓이세요. 끓기 시작하면 불을 약불로 줄인 다음 뚜껑을 덮고 1시간 정도 졸이는 일만 남았어요. 끓는 스튜를 중간중간 조금씩 저으면서, 남은 버섯 불린 물을 조금씩 추가해도 좋습니다. 마지막에는 맛을 보고 소금 간을 제대로 맞춰주세요(처음부터 간이 세면 물이 다 졸아들었을 때 너무 짜게 되니 조심해주세요).

이 레시피엔 버터도 기름기 많은 고기도 들어가지 않지

만 전분과 와인이 근사한 맛을 내줘요. 두부는 고기 대신 씹는 맛을 대신해주고요. 그래서 식단 조절 중에 먹기 좋은 특별한 음식이라고 생각해요. 요리용으로 쓰는 와인은 마트에서 가장 저렴한 것으로 사도 괜찮습니다. 그리고 요리를 시작하기 전에 와인을 조금 덜어두는 걸 추천해요. 와인 한 잔을 따라낸 다음 남은 와인을 스튜에 콸콸 부어주세요. 그러면 맛있게 식사를 즐기면서 조금씩 곁들일 수 있는 와인을 덤으로 확보할 수 있죠(레스토랑의 동료들이 와인이 어중간하게 남는 레시피를 매우 좋아했던 기억이 나네요).

토푸 부르기뇽은 여러 번 데워 먹기에도 좋아서 밥이나 으깬 감자, 고구마, 통밀빵 등으로 곁들이는 음식을 달리하면 조금 더 다양하게 식사를 즐길 수 있을 거예요.

식단 조절 중일 땐 치즈나 설탕처럼 중독성이 있고 강렬한 맛의 음식은 먹기 힘들잖아요. 그때 어떤 강렬한 맛을 대신해주기 좋은 재료가 와인 같아요. 전 술을 잘 못 마시지만 저렴한 화이트와인과 레드와인은 꼭 찬장에 모자라지 않게 채워둡니다. 채소의 풍미를 살리고 싶을 땐 화이트와인을, 소스에 강렬한 맛을 추가하고 싶을 때 레드와인을 쓰면 조미료가 따로 필요 없어요.

멋진 서양식 요리를 언젠가 꼭 해내고 싶다던 사연자에게 이 음식이 선물이 되기를 바랍니다. 과연 레드와인의 향이 담긴 보랏빛 소스가 식단 조절로 힘든 날에 근사한 한 그릇을 선물해주었을까요?

From.

매일 하는 식사가 즐겁지 않아요

"요리가 귀찮아서 배달 음식으로
끼니를 때우는 편이에요.
게다가 자극적인 음식을 주로 먹다 보니
속이 아프거나 더부룩할 때가 많아졌어요.
이제는 식습관을 바꾸고 싶은데,
뭐부터 시작하면 좋을까요?"

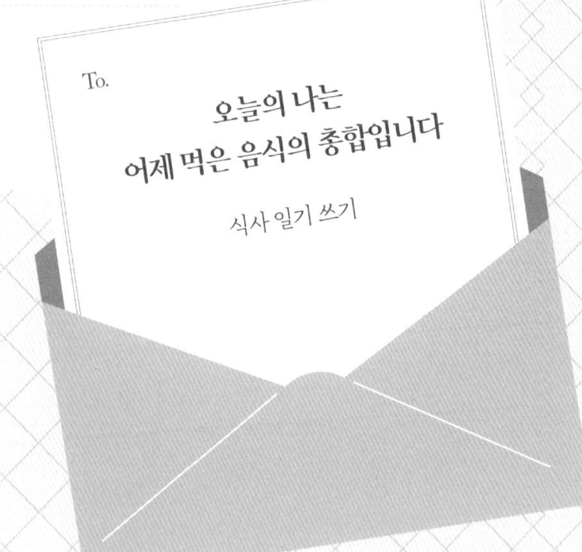

"저기, 저기, 어제 저녁 뭐 먹었어?"라는 대사로 시작하는 만화가 있어요. 요시나가 후미의 《어제 뭐 먹었어?》 1화에서 한 변호사가 전날 저녁에 먹은 게를 자랑하기 위해 직장 동료들에게 말을 거는 장면이에요. 동료 대부분이 어제 먹은 음식을 바로 기억해내지 못합니다. 일주일 전도 아니고 당장 어제인데 어떻게 잊을 수 있을까 살짝 웃음이 났는데, 이상하게 저도 전날 먹은 음식이 떠오르지 않아 당황했어요.

다른 동료들이 천장을 바라보며 기억을 되살려 내려고 노력하는 동안 만화의 주인공 시로는 "어디 보자……." 하고는 먹었던 음식을 술술 읊어냅니다. 그것도 그냥 '된장국', '닭조림'이 아니라 '소송채, 파, 미역, 유부를 넣은 된장국', '무와 함께 매콤달콤하게 조린 닭 날개'라고 세세하게 말이죠. 그가 음식을 이렇게도 자세히 설명할 수 있는 건 재료 배합에 하나하나 신경 쓰며 요리하는 사람이기 때문이에요.

그런데 시로처럼 꼼꼼한 사람이 아니더라도 음식을 상세하게 기억해낼 수 있는 방법이 있어요. 바로 식사 일기를 쓰는 겁니다. 어제저녁 먹은 음식도 생각나지 않는 제게 식사 일기는 무척 유용했어요.

식사 일기를 쓰면 그 음식을 먹은 '어제의 나'를 통해 '오늘의 나'를 바라볼 수 있어요. 지난 일기를 천천히 살펴보면 오늘 내가 왜 피곤한지, 왜 속이 더부룩한지, 내게 필요한 것이 무엇인지가 보입니다.

저는 '오늘의 나는 어제 내가 먹은 음식으로 구성되어 있다'라는 말을 믿어요. 여기에서 '오늘의 나'는 '오늘도 잘 살아가고 싶은 나'를 줄인 말이에요. 건강을 챙기기 위해서만이 아니라, 오늘 하루를 잘 살아갈 수 있게 해준 고마운 음식을 소중하게 대하고 싶은 거죠. 그 음식을 누가 만들었는지, 어디서 누구와 나누었는지, 어떤 맛이었는지를 오래 기억해두고 싶어서 매일 식사 일기를 씁니다.

식사 일기 쓰기는 간단합니다. 하루에 딱 5분만 투자하면 돼요. '글쓰기'가 아니라 '받아쓰기'에 가깝거든요. 먹은 음식을 자세히 기록해두기만 하면 됩니다. 그때그때 사진으로 남겨도 좋고, 녹음하는 방법도 있겠네요. 어떤 형식이건 부담스럽지 않고 편하게 기록할 수 있어야 해요. 저는 짧더라도 손으로 기록하는 편이 나중에 다시 들여다보기 좋았어요.

저는 몇 년 전부터 (10년 동안 쓸 수 있는) 두터운 일기장에 식사 일기를 기록하고 있어요. 작게 나누어진 칸에 식사 시간과 메뉴를 최대한 자세하게 쓰려고 해요. '브로콜리와 양배추가 들어간 볶음밥', '생강을 넣은 호박 크림 수프'와 같이 말이죠. 특별한 날엔 '그리스 아테네에서 거리 악사의 연주를 들으며 먹었던 감자튀김과 맥주', '숲속에서 텐트 위에 떨어지는 빗소리를 들으며 끓여 먹었던 라면'이라고 그날의 장면과 소리도 담아요. 그럼 신기하게도 그 음식의 맛도 함께 떠오르는 것 같거든요.

그러다가 한 달 단위로 식사 일기를 다시 천천히 훑어봅니다. '음, 지난달엔 가을 버섯을 열심히 챙겨 먹었네. 이달엔 조금 자제해야겠어(야생 버섯은 너무 많이 먹으면 몸에 좋지 않거든요.)', '저녁 시간이 점점 늦어졌네. 그래서 요즘은 속이 더부룩한 날이 많았구나', '아, 이날 먹었던 복숭아 샐러드는 참 맛있었어. 제철이 지나기 전에 잊지 않고 다시 해 먹어야겠다', '이달엔 냉동식품으로 때운 날이 많았네. 겨울도 다가오는데 이번 달엔 최대한 신선한 채소를 더 많이 먹어야겠어' 같은 생각을 하면서요.

어제 먹은 음식을 적은 기록은 오늘 먹을 음식을 정하는 데 도움을 주기도 해요. 《어제 뭐 먹었어?》의 주인공 시로도 머릿속에 저장한 식사 일기를 바탕으로 마트에서 무엇을 사야 할지를 정합니다. 어떤 반찬을 더해야 어제 남긴 반찬과 잘 어울리게 먹을 수 있을지 고민하면 필요한 재료는 금방 찾을 수 있죠.

식사 일기는 정말 특별할 것 하나 없는 기록일 뿐인지도 모르겠어요. 그런데 전 식사 일기를 쓰기 시작하면서 신기하게도 건강 상태가 보이고, 평소의 식사 습관을 알게 되고, 제철 재료에 익숙해지고, 요리할 음식을 고민하는 시간이 줄어들었어요(약장수 같기도 하지만 정말입니다).

식사 일기는 하루를 채워준 달콤하고 따뜻했던 음식들을 가만히 되짚어 보는 시간을 선물해줍니다. 매일 제게 이렇게 물어주는 이가 생긴 거예요. "저기, 저기, 어제 뭐 먹었어?" 하고요.

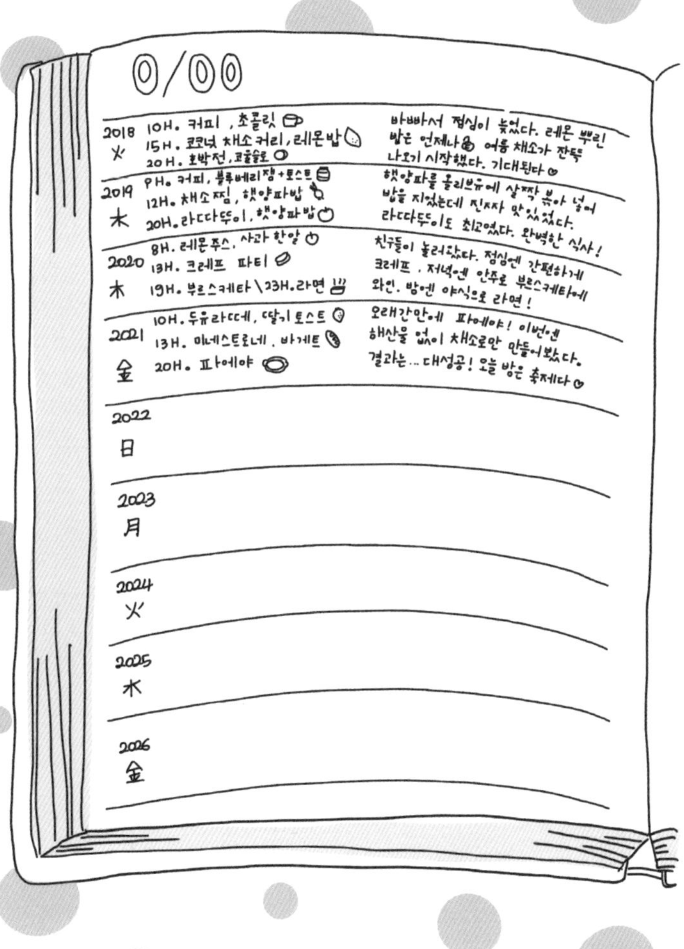
0/00
2018 火
10H. 커피, 초콜릿
15H. 코코넛 채소 커리, 레몬밥
20H. 호박전, 코울슬로
바빠서 점심이 늦었다. 레몬 뿌린 밥은 언제나 여름 채소가 잔뜩 나오기 시작했다. 기대된다
2019 木
9H. 커피, 블루베리잼+토스트
12H. 채소찜, 햇양파밥
20H. 라다다뚜이, 햇양파밥
햇양파를 올리브유에 살짝 볶아 넣어 밥을 지었는데 진짜 맛있었다. 라다다뚜이도 최고였다. 완벽한 식사!
2020 木
8H. 레몬주스, 사과 한알
13H. 크레프 파티
19H. 부르스케타 \ 23H. 라면
친구들이 놀러왔다. 점심엔 간편하게 크레프, 저녁엔 안주로 부르스케타에 와인. 밤엔 야식으로 라면!
2021 金
10H. 두유라떼, 딸기 토스트
13H. 미네스트로네, 바게트
20H. 파에야
오래간만에 파에야! 이번엔 해산물 없이 채소로만 만들어봤다. 결과는... 대성공! 오늘 밤은 축제다
2022 日
2023 月
2024 火
2025 水
2026 金

From.

초딩 입맛이라
채소가 맛없어요

"평소 고기와 탄수화물을 좋아해서 자주 먹는데,
아무래도 건강이 신경 쓰이더라고요.
채소를 좀 먹어야겠다 싶어서 사면
맛이 없어서 다 못 먹고
버리게 되는 경우가 많아요."

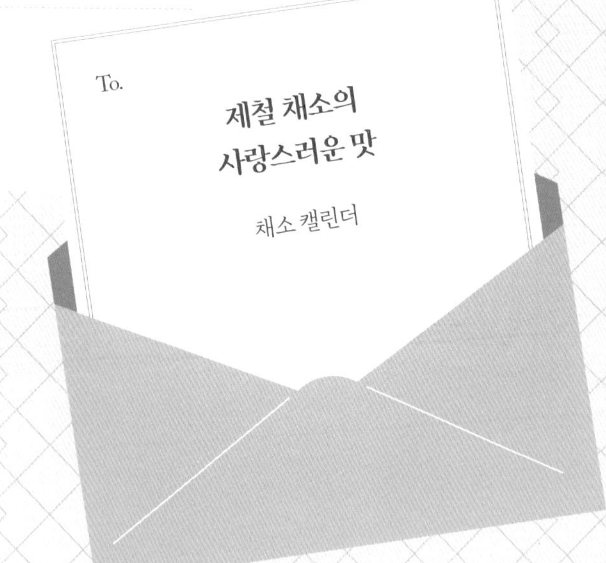

'햇'이라는 단어가 붙은 채소나 과일을 먹어본 게 언제인가요? 햇양파, 햇감자, 햇양배추……. '햇'이라는 단어가 붙은 채소만의 싱싱하고 달콤한 맛이 바로 떠오르나요? 제철 채소만이 지닌 맛, 여기서부터 요리는 시작됩니다.

제철 채소는 잘 챙겨 먹으면 몸에도 좋지만 무엇보다 맛이 탁월해요. '채소를 먹고는 싶은데 맛이 없다'는 사연을 읽고, 그분께 여름의 달달한 햇완두콩과 봄의 고소한 햇양배추를 당장 맛보여 드리고 싶었습니다. 5월에 나온 완두콩과 10월에 구입한 완두콩은 전혀 다른 채소거든요.

저는 맞춤 레시피를 처방해드릴 때 되도록 그 시기의 제철 작물로 만드는 요리를 고르려고 해요. 사시사철 쉽게 구할 수 있는 재료라면 언제든 활용하기엔 좋겠지만, 제철 채소만의 사랑스러운 맛을 먼저 탐험해보길 바라는 마음에서 말이죠.

프랑스에도 한국의 '햇'과 비슷한 개념이 있어요. 시장이나 마트에 가면 '누보nouveau', 즉 '새로운', '새로 나온'이라는 뜻의 단어가 붙은 채소나 과일을 가끔 만나볼 수 있어요. 특히 봄, 여름에 이 단어가 붙은 채소가 많이 나오죠. 저는 이 단어를 듣기만 해도 입에 침이 고이기 시작합니다.

제가 '제철 작물의 맛을 모르는 건 그 작물의 맛을 모르는 것과 같다'고 선언하고 다니게 된 계기는 감자였습니다. 전 원래 감자를 정말 싫어했어요. 고등학교 때 급식으로 거의 매끼 감자가 나왔거든요. 감자밥, 감잣국, 감자탕, 감자볶음, 감자조림, 감자샐러드……. 못 먹을 정도는 아니었지만 오래된 감자에서 나는 쿰쿰한 냄새와 퍽퍽한 식감에 영 익숙해지지 않더라고요. 그렇게 3년을 감자와 동고동락한 이후 감자는 쳐다보지도 않으며 살았습니다. 얼마 후 '감자의 나라' 프랑스에 왔고, 밥 먹듯이 감자를 자주 먹는 사람들 사이에서 외롭게 지내야 했습니다.

그러던 어느 날 한 레스토랑에서 '햇감자'를 만나게 됩니다. 그날 점심의 전식은 '햇감자와 햇완두콩, 그리고 햇양파 볶음'이었어요. 프랑스의 레스토랑은 대개 점심에 한 가지 메뉴만 제공하기 때문에, 영 내키지 않았지만 어쩔 수 없이 한 접시를 주문했어요. 그런데 그 음식에 전 홀딱 반하고 맙니다. 특별할 것 없이 재료들을 살짝 삶아 볶은 게 전부인데, 재료 하나하나가 부드럽고 달콤하고 고소해서 말 그대로 입 안에서 녹아내리는 것 같았거든요. 특히 껍질째 살짝 구운 엄지손가락만 한 작은 감자를 한입에 쏙 집어넣었을 때 감탄하지 않을 수 없었어요. 그때부터 저는 햇감자를 발견하면 꼭 장바구니에 가득 담아요.

제철 채소가 맛있고 몸에 좋은 건 알겠는데 어떻게 매번 일일이 챙겨야 할지 막막할 수 있을 것 같아요. 겨울에는 대체 무슨 채소를 먹느냐 하는 불만도 생길 수 있을 것 같고요. 시장 근처에 살면 굳이 제철 채소를 외우고 있지 않아도 팔고 있는 작물을 보고서 대충 감이 옵니다. 그 채소를 보고 계절이 바뀌었다는 걸 실감하기도 하지요. 그런데 장을 볼 만한 곳이 마트나 인터넷밖에 없다면 이런 혜택을 보기 어렵죠. 먹고 싶은 작물을 그때그때 검색해서 제철인지 알아보는 것도 귀찮고요. 딸기가 슬슬 보이길래 '아 이제 제철인가 보다' 하고 사 먹었더니 맹숭맹숭한 맛이 나서 당황한 적이 있지 않나요? 이런 식으로 작물의 '진짜 제철'이 언제인지 헷갈려 하는 분이 많아요(요즘은 제철 직전에 나오는 하우스 재배 작물이 많거든요).

그럴 때 '제철 채소 캘린더'를 잘 보이는 곳에 붙여두면 좋아요. 제철 채소 캘린더는 냉장고도 좋고 현관문에 붙이는 것도 좋습니다. 캘린더를 장보러 나가기 전에 보면서 '음, 오늘은 이 채소 위주로 사면 좋겠다' 하고 계획하는 거죠.

제철 채소 캘린더는 휴대폰에 저장해두고 수시로 보는 것도 도움이 됩니다. 물론 모든 채소가 바로 외워지진 않아요. 제철이 한 해에 두 번 이상 돌아오는 작물도 있어 헷갈리기도 하고 말이죠.

당장은 여기서 소개하는 제철 채소 캘린더(214~217쪽)의 채소를 하나씩 맛보고 체크하는 것도 재미있는 방법이에요. 하나의 미션이라고 생각하는 것도 좋아요. 가을이 되었고, 캘린더를 살펴보니 무가 제철이라고 하네요? 그래서 진한 제철 무를 사서 맛보았어요. 그럼 이제 캘린더의 '무'에 동그라미를 치거나 색칠을 해보는 거예요. 점점 동그라미가 늘어가거나 색이 더해지면 눈에 잘 띌 뿐만 아니라 보자마자 맛이 떠오르는 채소들이 생길 거예요.

그렇게 한 해를 보내면서 '나만의 제철 작물 캘린더'를 만들어보는 건 어떨까요? 이 책의 캘린더는 어떻게 보면 정확하지는 않거든요. 제철 채소는 사는 곳의 지리적 특성에 따라 달라지니까요. 이 책의 독자 중엔 도시에서는 찾아보기 힘든 갖가지 독특한 작물이 많이 나는 지역에 살고 있는 분도, 해외 생활을 하는 분도 있겠죠. 그러니 스스로 맛보고 관찰하면서 목록을 줄이거나 늘려보며 자신만의 '맞춤' 캘린더를 만들어보길 바라요. 그러면 '이 채소가 우리 동네에 있을까?' 하는 의문도 사라지겠죠.

일단 '인식'하기 시작했다는 것 자체가 중요합니다. 부엌을 지나다니며 캘린더에 눈길을 주고, 이번 계절에 어떤 작물이 나올지 관심을 갖는다는 것 자체가 중요해요. 그럼 외식을 할 때도 변화가 생깁니다. 식당에서 반찬으로 자주 나오는 제철 작물이 조금씩 눈에 들어오죠. 인터넷으로 배추를 사더라도 실물을 볼 순 없지만 '제철이니까 맛있겠지' 하고 안심하며 고를 수 있어요.

제철 작물을 이렇게까지 신경 쓰는 게 번거롭게 느껴질 수도 있겠지만, 채소를 평소에 잘 먹지 않거나 익숙하지 않은 분들에게 꼭 권해드리고 싶어요. 채소와 친하지 않을수록 어쩌다 한 번 먹는 채소가 맛있고 건강해야 한다고 믿거든요. 그리고 제철 채소는 복잡한 조리 과정을 거치지 않아도(어떨 땐 생으로 먹어도) 부드럽고 맛있어요. 예를 들어 겨울의 하우스 토마토는 조금 싱거워서 설탕을 뿌려 먹거나 다른 양념을 많이 더해야 먹을 만해지죠. 그런데 여름의 찰토마토는 그냥 생으로 먹어도 입맛을 확 당겨요. 요리할 때도 마찬가지예요. 덜 익히거나 별다른 양념을 넣지 않아도 맛이 확 살아납니다.

그리고 제때 맛이 제대로 든 작물을 먹으면 평소 별로 좋아하지 않던 작물에도 관심이 생깁니다. 평소 버섯을 그렇게 좋아하지 않았다면 가을에 어마어마하게 많이 나오는 여러 가지 버섯을 조금씩 먹어보세요. 모든 버섯에서 같은 맛이 나는 건 아니거든요. 그러다가 '아, 가을에 나오는 느타리버섯은 내가 알던 것보다 훨씬 맛있구나' 하고 입맛에 맞는 작물 하나를 새로 발견할 수 있어요. 그렇게 '의외로' 맛있게 느껴지는 작물이 하나씩 늘어나다 보면 식재료의 선택지가 점점 넓어집니다. 선택지가 넓어지면 채소를 골고루 살 수 있고, 비슷비슷한 채소에 질릴 확률도 낮아지죠. 굳이 제철이 아닐 때 맛없는 채소를 사 먹는 경우도 적어져요.

채소는 고기보다 손이 잘 가지 않는다거나, 채소를 굳이 더 먹고 싶지는 않은 분은 제철 채소 캘린더를 열심히 봐주세요. 그리고 먹고 싶은 작물을 딱 하나만 찾아보세요. 저는 하나만 꼽아보라면 5월의 완두콩입니다. 5월이 끝나갈 즈음 껍질째 파는 커다란 완두콩은 무조건 사야 해요. 1년 동안 이날만을 기다렸다는 마음으로 완두콩을 보면 설레기까지 합니다. 제철 시기에만 잠깐 정말 맛있게 잘 먹고 내년을 기다리는 그 맛.

'채소는 맛없어'라는 부정적인 생각이 들 때마다 떠올려 보세요. 기다릴 가치가 있는 그 한 가지의 맛을요. 1년에 한 번 입에 침이 고이게 만들어주는 '믿고 먹는' 채소 하나가 주방에 있다는 건 꽤 근사한 일이거든요. 그리고 그런 채소가 모인 나만의 맞춤 캘린더가 냉장고에 붙어 있다는 건 더 근사한 풍경이고 말이죠.

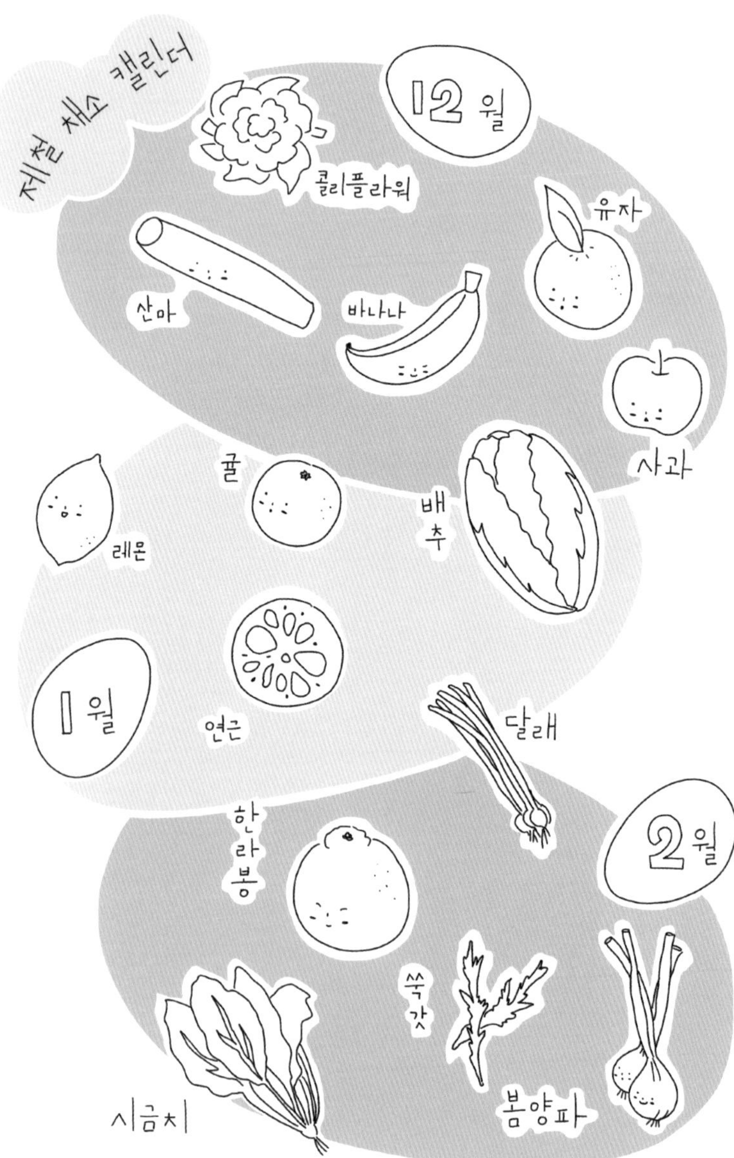

제철 채소 캘린더
12월
콜리플라워
유자
산마
바나나
사과
귤
배추
레몬
연근
1월
달래
한라봉
2월
쑥갓
시금치
봄양파

3월
더덕
취나물
돌미나리
고사리
우엉
4월
껍질콩
죽순
상추
두릅
양상추
아스파라거스
냉이
딸기
양배추
매실
봄동
쑥
5월
마늘종
마늘
앵두
완두
양파

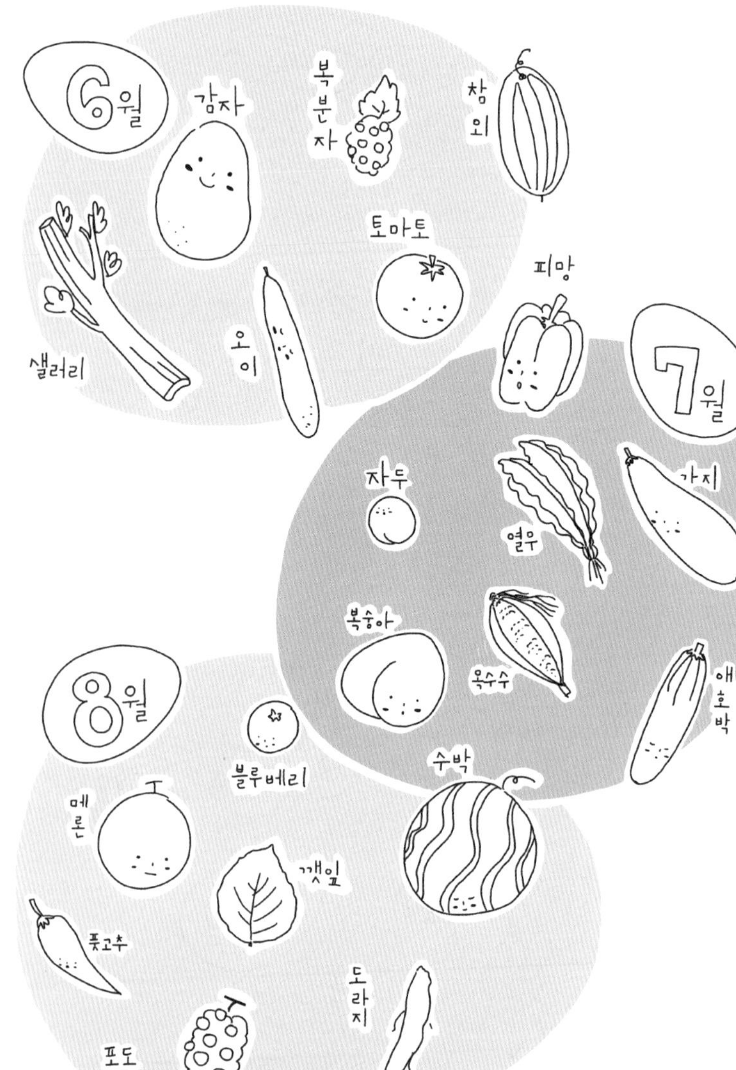
6월
감자
복분자
참외
토마토
샐러리
오이
피망
7월
자두
열무
가지
복숭아
옥수수
애호박
8월
블루베리
수박
메론
깻잎
풋고추
도라지
포도

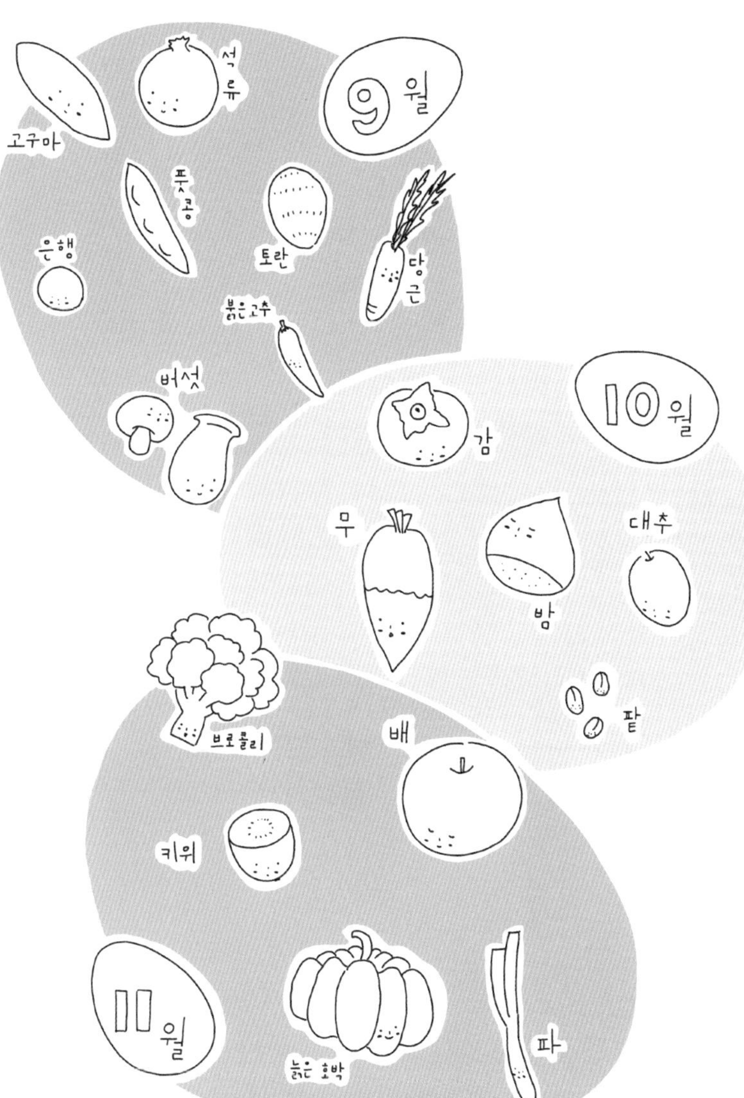

9월
고구마
석류
풋콩
토란
은행
당근
붉은고추
버섯
10월
감
무
대추
밤
팥
브로콜리
배
키위
11월
늙은 호박
파

From.

요리 시간이
너무 오래 걸려요

"퇴근하고 얼마 되지 않는 귀한 저녁 시간을
요리에 잔뜩 할애하는 게 너무 아까워요.
퉁퉁 부은 다리로 주방에 서 있으면
아직 일과가 끝나지 않은 것 같아요.
샤워하듯 쉽고 간단하게 요리할 방법은
없을까요?"

To.

매일 맛보는
작은 성취감

25분 요리 훈련

건강한 식탁에 대한 어느 인터넷 기사 아래에 달린 댓글을 보고 쓴웃음을 지은 적이 있습니다.

"종일 업무에, 육아에, 집안일에, 자잘한 노동에 충분히 치였는데도 또다시 밥을 지을 때가 돌아온다는 게 무섭다." 실제로 저녁 한 끼 정도는 집밥을 해 먹는 분들께 이런 이야기를 자주 들었어요.

요리를 배우긴 했지만 아직 집밥을 빠르게 만드는 데엔 익숙하지 않았던 시절, 저의 평균 저녁 준비 시간은 1시간 반이었어요(레스토랑 주방에서 하는 요리와 집에서 편하게 하는 요리는 전혀 다른 차원의 일이라고 변명하면서 말이죠). 특별한 요리를 하는 날엔 3시간은 기본이었죠(코스 요리는 4~5시간이 필요했어요. 이날은 눈 떠서 요리하고 밥 먹고 자기만 한 거나 다름없어요). 지금도 오래 졸여야 하는 스튜라든가 손이 많이 가는 음식은 몇 시간씩 걸리기도 하지만, '주방에 서 있는 시간'만 계산한다면 평균 25분으로 줄었어요.

여기서 주목해야 할 점은 '25분'이라는 거예요. 30분도 아니고 25분인 이유는 이 시간이 '밥이 완전히 익는 시간'

과 비슷하기 때문입니다. 주방에 들어갈 때 저는 제 자신과 작은 내기를 합니다. 모든 요리와 뒷정리를 밥이 익는 25분 안에 끝내는 내기예요.

우선 주방에 들어가자마자 1분간 빠르게 주방 찬장과 냉장고를 스캔합니다. 주방의 도구와 재료를 바탕으로 요리할 음식을 정하면, 가장 오래 걸리는 재료를 제일 먼저 익혀요(밥이나 파스타, 감자 등이 있겠죠). 이제부터 본격적으로 머릿속 타이머가 돌아가기 시작해요.

우선 조리대 위를 최대한 깔끔하게 치웁니다. 그다음 필요한 재료를 몽땅 꺼내 와서 두 번째로 오래 걸리는 재료(또는 식히는 시간이 필요한 음식)를 요리합니다. 요리가 하나씩 끝날 때마다 다시 조리대를 정리하고요(다음 요리에도 필요한 도구나 재료라면 그대로 두고, 그렇지 않다면 다시 제자리로 돌려놓는 것처럼요).

그리고 밥이 다 지어지기 3분 전에 상을 차립니다. 남은 2분 동안에는 조리대를 깨끗하게 정리합니다. 밥솥에서 밥이 다 지어졌다는 신호음이 울리면, 이제 내기에 이겼다고 뿌듯해하면 됩니다.

조리대를 닦은 행주를 탁 털어 너는 순간 밥이 다 되었을 때, 그때의 성취감은 이루 말할 수 없어요. 짧은 시간 안에 요리한 것도 좋은데, 식탁도 이미 차려져 있고 주방도 깨끗합니다. 그리고 정해둔 시간 안에 딱 맞춰 뭔가를 해냈다는 그 작은 기쁨, 하루 중 그런 소소한 기쁨을 누릴 수 있는 시간이 얼마나 될까요?

이 '25분'은 한참 동안 '훈련'한 덕분에 달성한 시간이에요. 요리에 능숙하지 않다면, 당장은 10분씩 줄여가는 데 집중하는 것만으로도 충분해요. 언젠간 굳이 노력하지 않아도 계획한 시간 안에 딱 맞춰 요리를 끝내는 날이 분명 옵니다. 이를 위해 해야 할 훈련은, '요리 계획을 빠르게 세우기'와 '겹쳐서 요리하기'예요. 밥 하나에 반찬은 딱 하나만 먹는 식으로 간소하게만 상을 차릴 거라면 크게 상관없겠지만요. 이 훈련은 한 끼를 준비할 때 밥과 반찬 한두 가지, 국이나 찌개 정도는 만들고 싶다는 분께 처방해드리고 싶어요.

예를 들어 완두콩밥과 가지무침, 달걀찜, 김치찌개를 먹기로 했다고 해볼게요. 그럼 여기에서 가장 오래 걸리는 메뉴는 밥과 찌개죠. 둘 중에서도 오래 끓일수록 맛있어지는 찌개를 먼저 끓이기로 합니다. 뚝배기에 재빨리 원하는 재료를 썰어 넣고 끓이세요. 이어서 완두콩을 넣어 밥을 짓습니다. 이제 오래 걸리는 요리는 끝났어요.

어질러진 조리대를 한번 정리해주고, 다음 순서를 생

각해봅니다. 가지무침과 달걀찜 모두 '찌는' 과정이 들어 있죠. 그런데 좀 식어도 괜찮은 가지무침을 먼저 해야겠죠? 가지를 손질하는 동안 냄비에는 물을 넣어 끓여주세요. 손질이 끝나자마자 바로 찜기에 넣을 수 있게 말이죠.

가지를 찌는 동안 달걀찜 준비를 합니다. 넣고 싶은 채소도 다지고 달걀도 풀고 말이죠. 이 준비가 끝나면 가지가 충분히 익었을 거예요. 그럼 냄비에서 가지를 빼고, 그 자리에 그대로 달걀찜 그릇을 넣으면 되는 거죠.

달걀찜이 익어가는 동안엔, 쪄낸 가지에 양념을 더해 무쳐서 그릇에 담으면 끝입니다. 이때쯤이면 달걀찜과 찌개, 밥 모두 완성되기 5분 전 즈음일 거예요. 그럼 이제 상을 차리고 조리대를 정리하면 되는 겁니다.

처음 이 훈련을 시작한다면 비슷한 과정을 거치는 요리를 고르는 게 좋아요. 가지무침과 달걀찜처럼 말이죠.

여기에서 한발 더 나아가, 오래 뭉근히 끓이는 국을 끓일 때 저는 냄비 바로 위에 찜기를 얹어 찜 요리를 동시에 해결하기도 합니다(이 방법은 국의 향이 찜 요리에 배어들기 때문에 향의 균형을 잘 고려해야 합니다).

처음 5분 정도를 잡아먹더라도, 요리 과정을 머릿속에 미리 그려보면서 시작하는 게 좋아요. 그러면 전체 시간을 절반 가까이 줄일 수 있어요. 필요한 재료를 찾느라 여기저기를 뒤적거리는 시간이 줄어들고, 예기치 못한 일이 생겨 시간이 지체될 일도 없죠(만약 가지를 손질할 때 물을 미리 끓여두지 않았다면 3분 정도를 그냥 기다려야 했을 거예요). 특히 완성할 음식의 온도를 염두에 두고 시작하면, 요리가 식은 채로 상에 나갈 가능성도 줄어듭니다. 찬 음식은 따뜻한 음식보다 먼저 준비해도 괜찮죠.

천천히 이런 작은 훈련들을 계속하다 보면, 언젠가 자신과의 '내기'에서 이기는 성취감을 맛볼 생각에 주방에 들어가는 발걸음이 가벼워질 거라 믿어요.

From.

요리보다
설거지가 힘들어요

"아내에게 특별한 요리를 해주는 게
가장 행복한 사람입니다.
그런데 설거지는 아내 담당이어서
조금 신경 쓰여요.
뒷정리가 요리보다 더 힘든 것 같아서 미안하네요."

To.

피할 수 없다면
덜 부담스럽게

뒷정리 꿀팁

요리를 자주 하고는 싶은데 설거지가 싫어서 포기한다는 사람을 주변에서 많이 봤습니다. 먹고 난 뒤의 그릇들이 쌓여 있는 풍경을 보면 한숨부터 나온다고요.

사연자처럼 제 남편도 이런저런 요리를 하는 걸 좋아합니다. 특히 저와는 다른 화려한 스타일의 음식을 맛보게 해주어서 좋아요(바나나를 넣은 아프리칸 정식, 향신료가 듬뿍 들어간 모로코 음식, 올리브와 요거트 등의 갖가지 음식이 늘어선 터키식 아침 식사 등). 그런데 요리하는 동안 주방도 꽤나 화려(?)해져서 뒷정리를 하는 제 눈치를 살펴요. 남편은 요리 과정을 크게 고민하지 않고 즉흥적으로 하는 편이어서 도구와 그릇들이 더 많이 쌓여요.

정성을 들여 요리하고 맛있게 먹은 다음 서로에게 미안하고 눈치를 보게 만드는 설거지. 피할 수 없다면 덜 부담스럽게 할 수 있는 방법을 찾아보면 어떨까요?

우선 요리 계획을 조금이라도 세웁니다. 순서를 잘 정하면 여러 음식을 냄비 하나로 충분히 만들 수 있어요. 예를 들어 감자전은 부치고 나서도 팬이 깨끗한 편이니 먼저 하고, 양념이 팬에 묻는 중국식 가지볶음은 그다음에 하는 거예요. 그럼 중간에 팬을 씻거나 2개의 팬을 사용할 일이 없어집니다. 도마도 마찬가지예요. 오늘 필요한 마늘의 양을 미리 생각하고 한꺼번에 다지거나 썰어두면 다시 도마를 씻을 일이 줄어들어요.

그리고 중간중간 준비한 재료들은 식사할 때 쓸 그릇에 담아둡니다. 나중에 플레이팅을 할 땐 그릇을 적당히 헹구기만 하고 살짝 말려 쓰면 됩니다. 굳이 요리용 그릇과 식사용 그릇을 구분하지 않아도 괜찮아요.

그리고 반드시 따로 나누지 않아도 되는 과정들이 있어요. 예를 들어 채소찜을 할 때 찜기를 굳이 새로 물을 끓인 냄비 위에 담지 않아도 됩니다. 밥을 지을 때 쌀 위에(큰 채소 잎이나 종이 호일을 깔고) 채소째로 얹는다거나, 찜기를 국 냄비 위에 얹는 거예요(국 종류에 따라 다른 냄새가 채소에 배니 유의하세요). 저는 양배추찜을 할 땐 꼭 밥 위에 얹어서 같이 찝니다. 밥알이 양배추에 달라붙지 않게 제일 큰 양배추 잎을 하나 밑에 깔고 만들면 좋아요(맨 밑에서부터 밥→큰 양배추 잎 하나→양배추). 밥도 양배추의 향이 배어 맛있어집니다.

그리고 요리 직후 씻고 정리해야 하는 것들을 모조리

싱크대 안으로 집어넣으세요. 여유가 있다면 행주나 키친 타올로 조리대나 가스레인지 위를 닦아두어도 좋아요. 이렇게 해두면, 식사를 마치고 다시 주방에 들어섰을 때 최소한 기분이 나쁘지는 않아요. 같은 양의 설거지거리를 다시 늘어놓더라도, 너저분한 주방에서 뒷정리를 시작하는 것과 시각적으로 정리되어 있는 공간에서 시작하는 건 상당히 큰 차이가 납니다. 특히 다른 사람에게 정리를 맡겨야 할 때 조금 덜 미안해질 수 있어요. 설거지도 요리의 한 과정입니다. 요리를 시작할 땐 주방이 깨끗하면 의욕이 생기지 않나요? 설거지하는 사람에게도 그런 기분을 맛보게 해주세요.

설거지거리를 줄이려면 식판이나 큰 접시를 쓰면 좋아요. 식판은 한식 위주로 먹는 사람에겐 유용하죠. 만약 가끔 양식 요리도 한다면 큰 접시가 더 좋아요. 저도 크고 납작한(지름 30cm이상이고 완전히 납작한) 흰 접시는 무난하게 뷔페 그릇처럼 쓰기 좋아 꼭 구비해둡니다. 자잘한 그릇들이 쌓여 있는 것보다 큰 접시 몇 개만 놓여 있으면 설거지에 대한 부담이 훨씬 줄어들어요. 각이 지지 않은 그릇은 그냥 스펀지로 두세 번 밀어주면 끝이에요.

설거지는 '컵 →기름기 적은 그릇 →기름기 많은 그릇

이나 도구' 순서로, '크기가 작은 것→큰 것' 순서로 하면 좋아요. 예전에 한 식당에서 아르바이트를 할 때 설거지를 담당했는데, 그때 큰 그릇부터 먼저 하면 좋다고 배웠어요. 그래서 집에서도 그렇게 해봤는데 식당에서와는 달랐어요. 그릇이 끊임없이 들어오고 업소용 식기 세척기가 있는 식당에선 그 방식이 맞지만, 한 번에 조금만 하는 가정에선 반대로 해야 정리하기가 편하더라고요. 건조대나 수건에 작은 그릇부터 착착 쌓아야 더 많이, 그리고 안전하게 놓을 수 있으니까요.

그리고 물 한잔을 마신다든가 냉장고에 뭔가를 꺼내기 위해 주방에 들어섰을 때 식기가 다 말라 있다면 그 자리에서 바로 정리해주세요. 아예 건조대 자체를 정리해버려도 좋고요. 1분이면 됩니다. 건조대가 항상 젖어 있는 건 위생상으로도 좋지 않고, 이렇게 하면 다음 요리할 때 주방이 상당히 깔끔해져 있어 기분도 좋아집니다. 게다가 주방은 자주 들어가게 되는 장소잖아요. 늘 그릇으로 가득 찬 건조대는 은근한 피로감을 줘요. 일거리가 쌓여 있어 피하고 싶은 장소가 되어버리는 거죠.

설거지는 조금 불편한 과정이지만 조금만 더 배려한다면 오히려 기분 좋은 과정이 될 수도 있습니다. 맛있는 식사를 마치고 주방에 들어갔는데 깔끔하게 정리된 조리대를 보면 존중받고 있다는 기분이 들어요. 정돈된 주방을 통해 혼자 살고 있더라도 나를 잘 챙기며 살아가고 있다는 자부심도 얻을 수 있고요.

맛있는 음식으로 사랑받고 사랑하고 있다는 신호를 보내는 것도 좋지만, 설거지에도 살짝만 더 배려를 더해 설거지로도 존중의 메시지를 보내보는 건 어떨까요?

From.

냉동 식재료를 해동하면 물컹해져요

"냉동 식재료를 요리하려고 꺼내면
너무 질기거나 물컹한 식감이 별로고,
영양가도 별로 없는 것 같아 속상해요.
이대로 냉동 식재료를 포기해야 하는 걸까요?"

To.

버려지는 식재료가 아깝다면

냉동 채소 관리

요즘 마트에는 냉동 식자재가 참 다양하게 잘 나오는 것 같아요. 예전엔 반조리 식품이나 해물, 고기 위주였는데 지금은 과일이나 채소도 꽤 많아져서 고르는 재미가 쏠쏠해요. 냉동 식자재만으로도 한 상 푸짐하게 차려낼 수 있을 것 같아요. 물론 신선한 제철 재료를 바로 사서 그때그때 해 먹는 것이 맛도 영양도 가장 좋아요. 그런데 식비가 넉넉하지 않거나, 혼자 살아서 버리는 양이 더 많거나, 재료를 매번 손질할 시간이 부족한 사람도 분명 있잖아요. 재료 준비가 부담되어 요리 자체를 멀리하게 되는 것보다는, 냉동 식자재를 잘 활용해 집밥을 잘 챙겨 먹는 게 낫다고 봐요.

냉동 식자재에도 장점이 분명 있답니다. 사실은 냉동 식자재에 영양소가 더 풍부하다는 연구 결과도 있어요. 수확하자마자 급속 냉동을 하니 상온에서 유통되는 생채소보다 영양소 손실이 더 적다는 거예요(특히 수입 식자재는 이동 기간이 길기 때문에 더 차이가 나겠죠). 또한 냉동 식자재는 한 번에 많은 양을 소비하지 않는 1인 가구에게 특히 유용해요. 여러 종류의 냉동 채소는 매일 적은 양을 오랫동안 다양하게 먹을 수 있다는 장점이 있죠.

그럼 냉동 식자재는 어떻게 해야 더 맛있게, 영양가 있게 먹을 수 있을까요?

① 사자마자 바로 냉동실에 넣어주세요. 시판 냉동 식자재는 공장에서 급속 냉동을 해서 영양소 손실도 적고 식감도 어느 정도 유지되는 겁니다. 한번 녹은 식자재를 가정용 냉장고의 온도로 다시 얼리면 수분이 팽창하면서 식감도 영양소도 크게 파괴됩니다.

② 냉동실에도 시간은 흐릅니다. 3개월 이상 보관하지 않는 편이 좋아요. 그리고 제대로 밀봉하지 않으면 수분이 빠져나가 말라버릴 수도 있어요.

③ 조리 과정 없이 그대로 쓰고자 하는 냉동 과일은 체에 받쳐서 녹여주세요. 녹으면서 빠져나온 수분에 과일이 담기지 않아야 합니다. 설탕을 조금 뿌려주면 과일이 싱거워지지 않아 좋습니다.

④ 따로 해동하지 않고 바로 요리에 쓰는 것이 좋아요. 다만 집에서 직접 냉동한 재료는 시판 냉동 식재료와는 다르게 뭉쳐 있는 경우가 많아서 어쩔 수 없이 해동을 한 다음 잘라서 쓰죠. 그걸 막으려면 소분해서 냉동하는 것이 좋습니다.

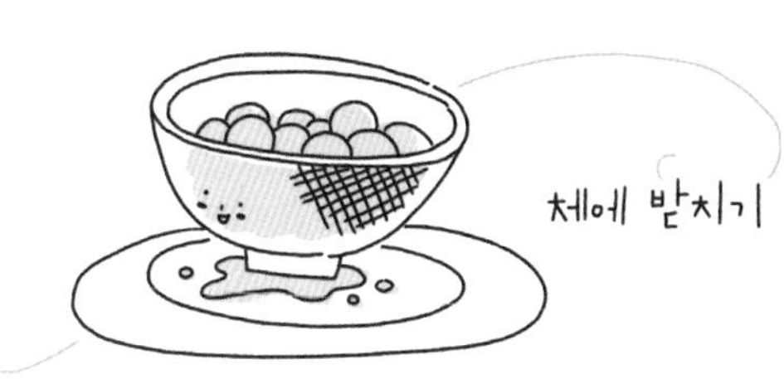
체에 받치기

냉동과일 맛있게 해동하기

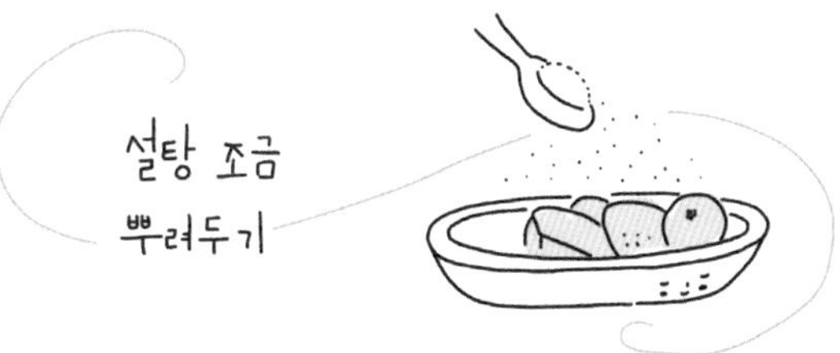
설탕 조금
뿌려두기

⑤ 냉동 식자재는 전자레인지에 돌려 먹거나 구이, 찜, 볶음 요리 등에 쓸 수 있어요. 재료의 조리 시간은 보통 봉지에 쓰여 있습니다.

⑥ 볶음 요리를 할 땐 '반드시' 팬이 뜨겁게 달궈진 상태일 때 넣어주세요.

⑦ 너무 익히면 물러지거나 질겨집니다. 특히 전자레인지에 돌릴 때 주의해주세요. 전자레인지에 해동할 땐 미리 소금 간을 살짝 해주면(간이 이미 되어 있는 반조리 식품은 제외) 많이 익히지 않아도 간이 잘 배어듭니다.

그러면 사온 채소를 직접 얼려서 보관하면 어떨까요? 일반 가정용 냉동고는 시판용 제품을 만드는 공장의 냉동고보다 영양소 보존력이 떨어지긴 하지만, 조금만 신경 쓰면 집에서도 어느 정도 잘 보관할 수 있어요.

① 가장 먼저 냉동실에 공간을 만들어줍니다. 재료를 넣을 자리를 확보하고, 냉동실을 최저 온도로 맞춰주세요(강도를 가장 세게). 온도 조절은 재료를 넣기 8시간 전에 해둡니다.

② 식자재에 흙이 묻어 있으면 털어내고 뿌리와 잎, 줄기 등을 제거합니다(콩류는 겉껍질을 벗겨주세요).

③ 큰 채소는 한입 크기 정도로 썰어주세요.

④ 식자재를 소금물에 잠깐 담근 후 깨끗하게 씻어줍니다.

⑤ 이제 끓는 물에 3~4분가량 데친 후 찬물에 담가 식혀줍니다(마늘, 파, 양파, 고추처럼 찌개나 볶음 요리를 할 때 마지막에 들어가는 식자재들은 이 과정을 생략해주세요).

⑥ 물기를 완전히 없앤 후(물기가 없을수록 식자재가 덜 상해요) 밀폐 용기나 지퍼백에 담아(뭉치지 않게 펼치는 것이 좋습니다) 냉동실에 넣어줍니다. 이때 얼리는 날짜와 종류를 적어두는 게 좋아요.

⑦ 냉동실에 넣고 하루 정도가 지나면 냉장고 온도를 평소처럼 바꿔줍니다.

저도 너무 바쁜 날엔 냉동 식자재에 의지하게 되더라고요. 레스토랑에서 온종일 제철의 유기농 채소로 정성껏 요리했는데, 정작 집으로 돌아오면 라면 하나 끓여 먹을 힘도 없을 때가 있었어요. 장을 보고, 재료를 손질하고, 남은 재료를 정리해서 보관하는 모든 과정이 너무 버겁게 느껴질 만큼(직장에서 종일 하고 왔는데 또 해야 하는 것도 싫었고요) 고된 땐, 냉동실에서 꺼내 팬에 쏟아붓기만 하면 되는 식자재들이 너무나 고마웠어요.

냉동 식자재건 제철 채소건, 힘들게 번 돈으로 귀한 식자재를 샀다면 최대한 맛있게 잘 만들면 좋겠어요. 무엇이 되었든 여러 가지 재료를 응용해가며 요리하는 재미를 맛보는 게 가장 중요해요. 그 뒤로 어느 정도 여유가 생기고 요리에 더 욕심이 날 때, 그때 제철 재료를 잔뜩 맛보며 요리에 깊이를 더하는 것도 나쁘지 않다고 생각해요.

전 맛있는 음식과 편안한 요리 생활이 어떤 집단만의 특권이 아니었으면 좋겠어요. 노동에 지친 몸을 끌고 돌아와 설거지할 힘조차 없는 이도 '그래도 요리하자'고 다짐할 수 있기를, 건강하고 따뜻한 음식을 여유 있게 요리할 수 있기를 응원하고 싶습니다.

부록

1분 레시피 노트

책 속 요리 모음

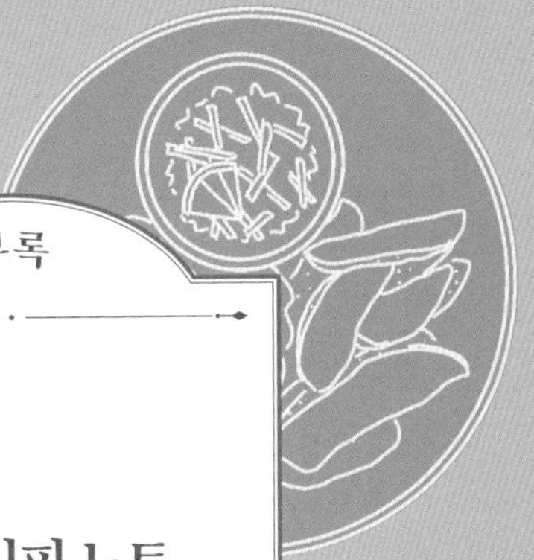

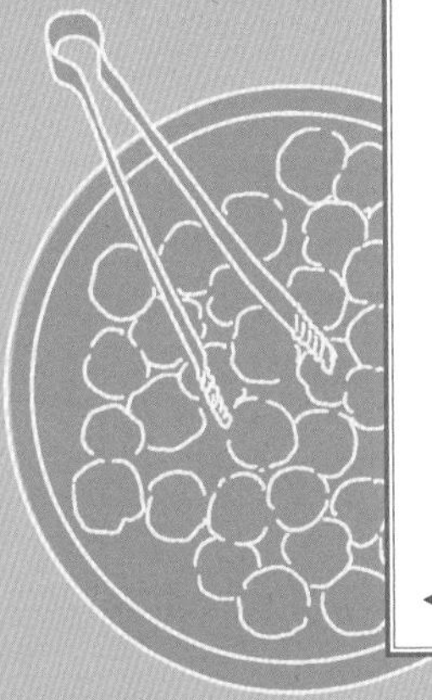

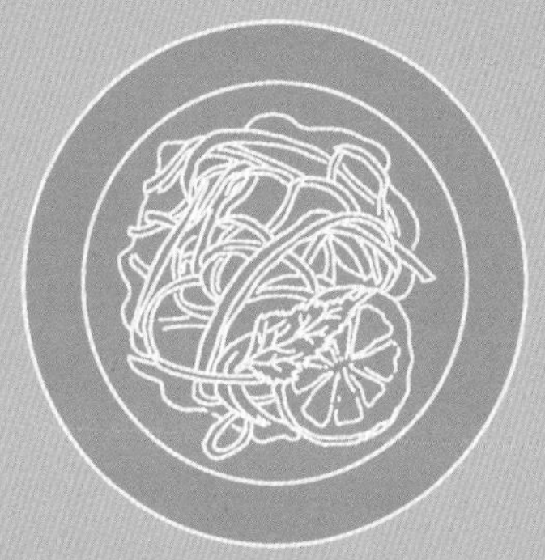

라따뚜이(전자레인지로 만드는)

재료(2인분 기준)

가지 2개, 애호박 2개, 토마토 2개, 토마토 소스 1컵, 양파 1개, 다진 마늘 1쪽, 올리브유, 소금, 후추

만드는 법

1. 채소(토마토, 가지, 애호박)를 얇게 썰어서 따로따로 부침개 부치듯 올리브유에 굽는다.
2. 양파를 다져 볶은 후 토마토 소스를 넣고 졸인다(소금, 후추로 간한다).
3. 넓은 용기에 구운 채소들을 담고 올리브유 1~2큰술, 다진 마늘, 후추와 버무린다.
4. 버무린 채소를 차곡차곡 쌓은 다음 맨 위에 토마토 소스를 붓는다.
5. 전자레인지에 2분 정도 돌린다.

여름 채소 도시락(흩뿌림 초밥)

재료(1인분 기준)

완두콩 3큰술, 당근 1/5개, 오이 1/4개, 방울토마토 2개, 밥 1공기, 두부 1/2모, 간장 2큰술, 설탕 1~1과 1/2큰술, 식초 1큰술, 소금

만드는 법

1. 소금을 넣은 끓는 물에 완두콩과 당근(완두콩과 비슷한 크기로 깍둑썰기를 한)을 8분 동안 삶고 찬물에 헹군다.
2. 오이를 편으로 썰어 약간의 소금에 절이고, 방울토마토는 반으로 잘라 손질한다.

3. 완두콩과 당근을 삶았던 냄비에 간장 2큰술, 설탕 1/2~1큰술, 물 2큰술을 넣고, 설탕이 다 녹을 때까지 중불에 끓인다.
4. 3에 두부 1/2모를 으깨 넣고 졸여 두부 소보로를 만든다.
5. 식초 1큰술, 설탕 1/2큰술, 소금 3꼬집으로 단촛물을 만들어 밥과 섞는다.
6. 도시락통 바닥에 밥을 깔고 두부 소보로와 준비해둔 채소들을 흩뿌린다.

포토푀

재료(2인분 기준)

소고기 200g(또는 감자 3개), 대파 3개, 당근 2개, 무 1/3개, 양파 1개, 마늘 1쪽, 클로브 2개, 월계수 잎 1장, 소금, 후추, 디종 머스터드

만드는 법

1. 소고기와 대파, 당근, 무, 양파를 크게 썬다. 마늘은 통으로 준비한다.
2. 밥솥에 재료를 모두 넣은 다음 재료가 잠길 만큼 물을 붓고, 소금으로 간한다.
3. 1시간 20분 정도 찌고 마지막에 후추를 뿌린다(감자는 따로 두었다가 물이 끓은 지 40분째가 되었을 때 넣는다).
4. 완성된 포토푀를 디종 머스터드와 곁들어 먹는다.

크레프

재료(5인분 기준)

밀가루 2컵(350g), 달걀 3개(또는 전분 50g), 녹인 버터(또는 식용유) 3큰술, 우유(또는 두유) 3과 1/2컵(700ml), 소금, 좋아하는 채소 및 소스, 치즈

만드는 법

1. 큰 볼에 밀가루와 달걀(전분), 버터(식용유), 소금 1꼬집을 넣고 섞은 다음 우유(두유)를 넣어 천천히 거품기로 휘저어 반죽을 만든다.
2. 반죽을 2시간 정도 냉장고에 재운다.
3. 반죽을 한 국자씩 퍼서 팬에 얇게 구워 크레프를 만든다.
4. 속재료는 채소, 달걀, 치즈, 각종 소스 중에서 취향대로 고른다.
5. 원하는 속재료를 크레프 위에 올린 다음 돌돌 말아 먹는다.
   치즈나 달걀이 들어가는 경우 전자레인지로 익힌다.
6. 남은 크레프는 잼이나 과일 등과 함께 디저트로 먹는다.

무화과 타르틴

재료(2인분 기준)

식빵 또는 바게트, 무화과 4개, 플레인 크림치즈 1통(200g), 견과류 2큰술, 꿀 5큰술, 소금, 후추

만드는 법

1. 식빵이나 바게트를 한입 크기로 잘라 굽는다.
2. 구운 빵 위에 크림치즈를 5mm 두께로 펴 바르고 소금과 후추를 살짝 뿌린다.

3. 깨끗하게 씻어 5mm 두께로 편을 썬 무화과를 크림치즈 위에 얹는다.
4. 견과류와 꿀을 뿌려 먹는다.

타프나드 타르틴

재료(2인분 기준)

식빵 또는 바게트, 올리브 30~40개, 올리브유 1큰술, 마늘 1쪽, 후추

만드는 법

1. 식빵이나 바게트를 한입 크기로 잘라 굽는다.
2. 올리브, 후추, 마늘을 모두 잘게 다지거나 으깨서 올리브유와 섞은 다음 빵 위에 얹어 먹는다.

그리스식 차치키 타르틴

재료(2인분 기준)

식빵 또는 바게트, 그릭 요거트 1컵(240ml), 오이 1개, 마늘 1쪽, 올리브유 2큰술, 레몬 1/2개, 생허브(민트 잎 또는 딜) 1줌, 소금, 후추

만드는 법

1. 식빵이나 바게트를 한입 크기로 잘라 굽는다.
2. 오이를 다지거나 얇게 편을 썰고, 소금에 5분간 재운 다음 물기를 짜낸다.
3. 오이와 다진 마늘, 레몬즙, 올리브유, 다진 생허브, 소금, 후추를 모두 섞어 빵 위에 얹어 먹는다.

후무스 타르틴

재료(2인분 기준)

식빵 또는 바게트, 콩(병아리콩, 완두콩, 렌틸콩 등) 10큰술(200g), 레몬 1개, 마늘 1쪽, 올리브유 5큰술, 고춧가루 1작은술, 소금, 후추

만드는 법

1. 큰 볼에 삶은 콩을 넣고 포크로 으깬다.
2. 으깬 콩에 다진 마늘, 레몬즙, 올리브유, 고춧가루, 소금, 후추를 모두 넣고 섞어 후무스를 만든다.
3. 후무스를 빵에 발라 먹는다.

토마토 부르스케타

재료(2인분 기준)

식빵 또는 바게트, 방울토마토 30개(또는 토마토 6개), 마늘 2쪽, 생바질 잎 1주먹, 올리브유 7큰술, 소금, 후추, 발사믹 식초 4큰술

만드는 법

1. 식빵이나 바게트를 타르틴을 만들 때보다 조금 더 크게 잘라 굽는다.
2. 방울토마토의 꼭지를 떼어내고 깍둑썰기한다.
3. 자른 토마토에 다진 마늘과 다진 바질 잎, 올리브유, 소금, 후추, 발사믹 식초를 버무린다.
4. 구운 빵에 준비한 재료를 얹어 먹는다.

콩 샐러드

재료(1인분 기준)

콩, 오이, 양파, 파프리카, 식초, 간장, 설탕

만드는 법

1. 2~3일 동안 먹을 양의 콩을 으깨질 정도로 삶는다 (생콩은 8~10분, 건조 콩은 20~40분).
2. 식은 콩에 오이, 양파, 파프리카 등 채소를 콩과 비슷한 크기로 썰어 섞는다.
3. 식초, 간장, 설탕을 2:2:1 비율로 넣어 샐러드에 곁들일 드레싱을 만든다. 이 드레싱은 콩 1컵에 식초 1숟갈 비율이 적당하며, 살짝 짜게 간을 해야 콩과 함께 먹기에 알맞다.

셀러리 양파 라이스

재료(2인분 기준)

양파 1개, 셀러리 2줄기, 쌀 1컵(200g), 화이트와인 1/2컵(100ml), 올리브유 2큰술, 소금, 후추

만드는 법

1. 냄비에 올리브유 2큰술을 두르고 중불에 다진 양파 1개를 볶다가 5mm 두께로 잘게 썬 셀러리 2줄기를 1분 정도 볶는다.
2. 쌀 1컵과 소금, 후추를 넣어 30초 정도 더 볶는다.
3. 화이트와인 1/2컵과 물 1과 1/2컵을 넣고 밥을 짓는다.

미네스트로네

재료(2인분 기준)

양파 1개, 마늘 1쪽, 셀러리 3줄기, 양배추 1주먹, 당근 1/2개, 감자 2개, 토마토 2개, 화이트와인 1컵(200ml), 올리브유 3큰술, 마카로니 50g, 소금, 후추

만드는 법

1. 큰 냄비에 올리브유 3큰술을 두르고, 엄지손가락 한 마디만 하게 썬 양파 1개, 마늘 1쪽, 당근 1/2개, 셀러리 3줄기, 양배추 1주먹, 감자 2개, 토마토 2개를 넣고 볶는다.
2. 화이트와인 1컵과 물 1.5L, 소금과 후추를 넣고 중약불에 40분 끓인다.
3. 마카로니 50g을 넣고 조금씩 저어가면서 10분 더 끓인다.

푸아로 아 라 비네그레트(차가운 대파절임)

재료(2인분 기준)

대파 4~5개, 디종 머스터드 1큰술, 식초 3큰술, 식용유 7큰술, 소금

만드는 법

1. 대파의 흰 부분만 손바닥 길이만큼 썰어서 소금 2꼬집을 푼 물에 끓인다. 물이 끓으면 약불로 줄여 뚜껑을 덮고 20분간 삶는다.
2. 익힌 파를 체에 받쳐서 물기를 빼고 냉장고에 1시간 이상 식힌다.
3. 디종 머스터드 1큰술, 식초 3큰술, 식용유 7큰술에 소금을 살짝 섞어 소스를 만들어 파 위에 뿌려 먹는다.

아시 파르망티에(고기 감자 그라탕)

재료(2인분 기준)

감자 0.5kg, 버터(또는 올리브유) 40g, 양파 1/2개, 마늘 1쪽, 간고기(또는 두부) 150g, 우유(또는 두유) 1/3컵(70ml), 빵가루 2큰술, 소금, 후추

만드는 법

1. 감자 0.5kg를 작은 달걀 크기로 큼직하게 썰고 삶는다.
2. 프라이팬에 버터 10g을 두르고 다진 마늘 1쪽과 다진 양파 1/2개를 1분간 볶는다. 여기에 간고기(으깬 두부)와 소금, 후추를 넣고 5분간 더 볶는다.
3. 삶은 감자를 건져내서 뜨거울 때 곱게 으깨다가 우유 70ml, 버터 20g, 소금, 후추를 넣고 섞는다.
4. 그라탕 용기에 2를 깔고 그 위를 으깬 감자로 덮는다. 감자 위에는 빵가루와 녹인 버터 10g를 뿌린다.
5. 200~270도로 예열한 오븐이나 에어프라이어에 15분간 굽는다.

히오레

재료(2인분 기준)

우유(두유) 500ml, 쌀 1/2컵(100g), 황설탕 2큰술, 설탕 1큰술, 딸기 6개

만드는 법

1. 작은 냄비에 우유나 두유, 황설탕, 쌀을 넣고 중불에 30~40분 끓인다.
2. 딸기를 1cm 크기로 잘라서 설탕에 절인다.
3. 1을 1시간 이상 냉장고에서 식혔다가 유리잔에 담고 절인 딸기를 올린다.

가지 무사카

재료(1인분 기준)

가지 2개(500g), 굵은 소금, 두부 1/2모(200g), 밀가루 1큰술(10g), 두유 1과 1/2컵(300ml), 토마토 4~5개(500g), 마늘 1쪽, 양파 1/2개, 설탕 1큰술, 베이킹소다 1꼬집, 올리브유, 소금, 후추

만드는 법

1. 껍질을 벗긴 가지를 길고 얇게 썰어 굵은 소금에 30분 절인 다음, 물에 헹구고 20분간 찐다.
2. 토마토는 등에 십자 칼집을 낸 다음 뜨거운 물에 10초간 담그고, 찬물에 식힌다. 다 식으면 껍질을 벗겨 깍둑썰기를 한다.
3. 양파와 마늘은 다지고, 두부는 잘게 으깬다.
4. 올리브유에 손질한 양파, 마늘을 볶은 다음, 토마토와 설탕, 베이킹소다, 소금, 후추를 넣고 2분간 끓인다. 다 끓으면 재료를 믹서기에 갈고 다시 팬에 부은 다음, 으깬 두부를 넣고 약불에서 30분 졸여 토마토 소스를 완성한다.
5. 냄비에 밀가루 1큰술과 올리브유 2큰술을 넣고 아이보리색이 날 때까지 저으면서 끓인 다음 다음 두유 1과 1/2컵을 섞어 걸쭉해질 때까지 끓여 베샤멜 소스를 만든다.
6. 용기에 찐 가지와 소스들을 번갈아 쌓고 180도로 미리 예열한 오븐이나 에어프라이어에 30분 굽는다.

자몽과 오렌지 샐러드

재료(1인분 기준)

금귤류 과일(자몽, 오렌지, 귤, 라임 등) 2주먹, 올리브유 2큰술, 다진 생허브 1큰술, 소금, 후추

만드는 법

1. 과일의 겉껍질을 칼로 벗기고 속껍질 경계면에 칼집을 넣어 속살을 빼낸다.
2. 자른 과일을 접시에 펼치고 올리브유 2큰술, 소금 1꼬집, 후추 조금, 다진 생허브(파슬리, 바질, 쪽파 등) 1큰술을 흩뿌린다.

당근 수프카레

재료(2인분 기준)

당근 1개, 양파 1개, 육수 2와 1/2컵(500ml), 오리지널 카레 가루, 올리브유 4큰술, 새우나 채소(당근, 감자, 단호박, 방울토마토 등) 4주먹, 마늘 1쪽, 다진 생강, 레몬 1개, 밥(또는 면), 소금, 후추

만드는 법

1. 냄비에 올리브유 2큰술을 두르고 채를 썬 양파를 중불에서 10분 볶는다. 여기에 1cm 두께로 썬 당근을 넣고 5분간 볶다가 오리지널 카레 가루를 1큰술 넣고 1분 더 볶는다.
2. 1에 육수와 다진 마늘 1쪽, 다진 생강을 조금 넣는다. 육수가 끓으면 약불에서 10분 익힌 다음 믹서기에 갈아 수프를 완성한다.

3. 새우와 채소를 손질한다. 새우는 껍질째 깨끗하게 씻고, 채소는 달걀 크기만 하게 썬다. 당근, 감자, 단호박은 미리 5분 정도 데치거나 랩을 씌워 전자레인지에 3분 정도 익힌다.
4. 손질한 새우와 채소에 소금과 후추를 2꼬집씩, 카레 가루를 1작은술 뿌리고 올리브유 2큰술과 함께 버무린다.
5. 새우는 에어프라이어에 180도로 10분, 채소는 180도로 10분 굽는다. 다 구우면 뒤집어서 8~10분 정도 더 굽는다.
6. 오목한 접시에 5를 담고 수프를 붓는다. 수프는 밥이나 삶은 면 옆에 따로 놓고 먹는다. 레몬즙과 고수 잎을 곁들여도 좋다.

샹피뇽 엉 페르시야드(프랑스식 버섯볶음)

재료(2인분 기준)

버섯(느타리버섯, 새송이버섯, 양송이버섯 등) 4주먹, 마늘 2쪽, 생파슬리 1주먹, 올리브유 2큰술, 소금, 후추

만드는 법

1. 버섯 4주먹을 한입 크기로 썰거나 찢은 다음 프라이팬에 넣는다. 물 2큰술도 함께 넣고 뚜껑을 덮어 중불에 5분 끓이다가 뚜껑을 열고 버섯에서 빠져나온 육수를 완전히 졸인다.
2. 1에 올리브유, 다진 마늘, 다진 생파슬리, 소금, 후추를 넣고 약불에 1분 동안 볶는다(파슬리는 너무 오래 볶으면 향이 날아가니 조심한다).

파에야(에어프라이어로 만드는)

재료(1인분 기준)

파프리카 1개, 마늘 1쪽, 양파 1/2개, 쌀 1/4컵(50g), 육수 2컵, 완두콩 2큰술, 해산물(오징어, 새우, 홍합 등) 2주먹, 토마토 1개, 올리브유 2큰술, 사프란 5꽃술(고운 고춧가루나 파프리카 가루 1작은술, 카레 가루 1작은술을 섞어 대체 가능), 생파슬리 1줌, 레몬 1/2개, 소금, 후추

만드는 법

1. 넙적한 오븐용(또는 에어프라이어용) 용기에 올리브유를 두르고 다진 양파 1/2개를 볶는다.
2. 1에 다진 마늘, 깍둑썰기를 한 파프리카를 넣고 2분 더 볶는다.
3. 2에 쌀을 넣고 1분 볶다가 해산물과 깍둑썰기를 한 토마토, 완두콩, 사프란을 넣고 1분 더 볶는다. 다 볶은 재료에는 육수와 소금, 후추를 넣고 젓는다(시판 육수의 경우 먼저 간을 본 다음 소금을 더한다).
4. 용기의 뚜껑(또는 알루미늄 포일)을 덮고 190도로 예열한 오븐이나 에어프라이어에 40분간 굽는다.
5. 완성된 파에야에 다진 생파슬리와 레몬즙을 뿌려 먹는다.

토푸 부르기뇽(저칼로리 두뷰 스튜)

재료(4인분 기준)

양송이버섯 400g(달걀 크기로 10개), 말린 표고버섯 1주먹,
구이용 두부 1모, 당근 2개, 감자 3개, 양파 1개, 마늘 2쪽,
레드와인 3컵(500ml), 토마토 페이스트 2큰술(케첩 3큰술로 대체 가능),
월계수 잎 2장, 전분 2큰술, 올리브유 5~6큰술, 소금, 후추

만드는 법

1. 말린 표고버섯을 물 2컵(400ml)에 1시간 이상 불린다. 그동안 마늘을 다지고 양파는 채썰기를 한다. 두부와 당근, 감자는 한입 크기로 썬다.
2. 냄비에 올리브유 3~4큰술을 넣고 다진 마늘과 채를 썬 양파를 먼저 볶는다. 그다음 손질한 양송이버섯과 두부를 넣고, 냄비의 뚜껑을 연 채로 약불에 15~20분간 익힌다.
3. 밥그릇에 전분 2큰술과 올리브유 2큰술을 섞는다. 여기에 표고버섯을 불린 물 1컵, 레드와인 3컵, 토마토 페이스트 2큰술을 넣는다.
4. 2에 3과 월계수 잎, 소금, 후추를 넣고 끓인다. 재료가 끓기 시작하면 냄비의 뚜껑을 덮고 약불로 1시간 동안 졸인다.

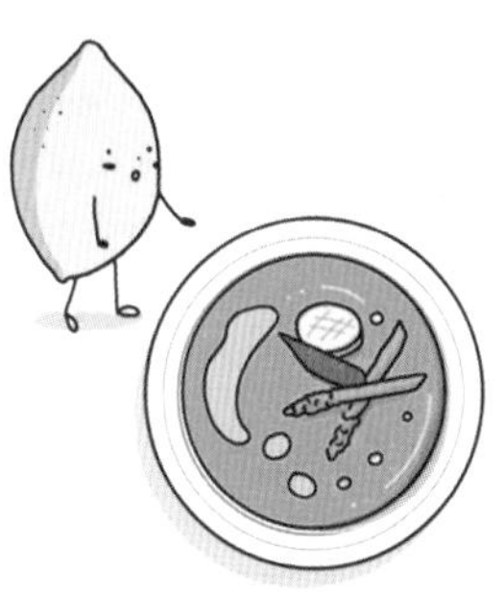

잘 먹고 싶어서, 요리 편지

나만을 위한 우편 레시피 상담

초판 1쇄 2021년 7월 2일

글·그림 하지희

펴낸이 김한청

기획편집 원경은 차언조 양희우

마케팅 최지애 설채린 권희

디자인 이성아

경영전략 최원준

펴낸곳 도서출판 다른

출판등록 2004년 9월 2일 제2013-000194호

주소 서울시 마포구 동교로27길 3-12 N빌딩 2층

전화 02.3143.6478 **팩스** 02.3143.6479

이메일 khc15968@hanmail.net

블로그 blog.naver.com/darun_pub

페이스북 /darunpublishers

인스타그램 edit_darunpub

ISBN 979-11-5633-398-2 03810